暮年情怀

郑怀仁◎著

安徽师范大学出版社
·芜湖·

图书在版编目（CIP）数据

暮年情怀 / 郑怀仁著. — 芜湖：安徽师范大学出版社，2018.4
ISBN 978-7-5676-3025-3

Ⅰ. ①暮… Ⅱ. ①郑… Ⅲ. ①散文集—中国—当代 ②诗集—中国—当代 Ⅳ. ①I217.2

中国版本图书馆CIP数据核字（2017）第161569号

暮年情怀
郑怀仁◎著

责任编辑：汪碧颖
装帧设计：丁奕奕
出版发行：安徽师范大学出版社
芜湖市九华南路189号安徽师范大学花津校区
网　　址：http://www.ahnupress.com/
发 行 部：0553-3883578　5910327　5910310（传真）
印　　刷：虎彩印艺股份有限公司
版　　次：2018年4月第1版
印　　次：2018年4月第1次印刷
开　　本：700 mm×1000 mm　1/16
印　　张：33.5
字　　数：449千字
书　　号：ISBN 978-7-5676-3025-3
定　　价：85.00元

自 序

1957年，我进入安徽师范学院中文系学习。1958年，合肥师范学院成立，文科诸系从芜湖迁到合肥。1961年，我毕业留校任教。1970年，中文系又迁回芜湖。后来，学校改名为安徽师范大学，我在中文系写作教研室，从事写作教学和研究工作。1990年起，进入中文系、文学院领导班子，负责教学工作。1995年，因生病在家休养，辞去领导职务。1997年，又重新上课。1999年退休，在家闲居。2003年，我和老伴到上海，与女儿同住。外孙女出生后，我们就担负起带孩子、做家务的任务，过着平淡而忙碌的生活。2010年，女儿工作调动，我们到了北京。2017年，外孙女到美国读书，我们回到了芜湖。

我在1995年生病后的十几年里，基本上没有写东西。直到2009年，我已年届七旬，写了小诗《学琴心声》，发表在上海的小报上。此后，我又开始笔耕，写些文字。2014年，使用微信后，我陆续写了许多小诗和短文，用浅显的语言抒情言志，发在朋友圈和群聊里，与朋友、同事、同学们交流。多年没动笔了，年纪也大了，文笔有些生疏，好在头脑还清醒，尚能写出通顺的文字，得到大家的认可。我将这些年来写的一些诗文，编集成《暮年情怀》。由于大多是匆匆而写，没有细细斟酌，书中有不当之处，敬请方家不吝赐教。

感谢文学院和出版社的关心与支持，感谢亲朋好友的鼓励和帮助。

2018年春于芜湖

目　录

·黄昏琴声·

·抒情小诗·

·四季心语·

·述怀短文·

黄昏琴声

仿佛从天外传来的仙乐，
悦耳的钢琴声令我聆听：
高音清脆，中音丰满，低音雄浑，
或刚或柔，或急或缓，
让人心潮时而澎湃，时而宁静
……

我1999年从安徽师范大学文学院退休，2003年居住上海。2007年参加了上海浦东联洋新社区成人钢琴班，学琴三年。2010年迁居北京，开始自学，主要是弹奏一些流行、通俗的钢琴小曲。在学琴过程中，我写了一些直抒胸臆的小诗，表达学琴中的感受，描述对钢琴的热爱和执着，对师友的关心和怀念。晚年学琴是我的一种业余爱好，是一道美丽的风景。把这些小诗编集起来，算是对几年来学琴的一份回忆，一份纪念。

学琴心声

仿佛从天外传来的仙乐，
悦耳的钢琴声令我聆听:
高音清脆，中音丰满，低音雄浑，
或刚或柔，或急或缓，
让人心潮时而澎湃，时而宁静
……
世上的乐器千百种，
呵，钢琴，我却对你情有独钟！
虽然青春不再，已是黄昏，
我还是步入艺术圣殿的大门。
不存奢望，不存幻想，
只为了丰富生活，愉悦身心。
没有天赋，没有悟性，
有的是一份执着，一份热情。
春花秋月看到我在识谱，
夏风冬雪知道我在练琴。
在枯燥中努力寻求乐趣，
在困难前不断增强信心，
艺海无涯，荡舟自由漂游，
学峰有顶，举步艰辛攀登。

不问一路前行能否达到目的，
只愿在勤奋学习的过程中，
在优美动人的琴声里，
走进五彩缤纷的音乐世界，
享受无与伦比的快乐人生！

2009年5月

给琴友

生活中有了音乐，
灵魂就不会孤单。
音乐中有了钢琴，
生活就更加灿烂。
既然选择了乐器之王，
就要付出心血和热汗。
不畏惧困难和挫折，
不在乎酷热与严寒。
虽然攀登不上高峰，
途中风景也可赞叹。
在音乐中尽情享受快乐，
让琴声与我们终生相伴！

2010年6月

再给琴友

世上乐器千百种，
钢琴是我们最爱。
学琴使感情天地广阔，
学琴使精神生活精彩。
投入艺海努力前行，
自由畅游身心愉快。
坚持下去就是胜利，
耕耘之后收获到来。
万紫千红终究要凋零，
音乐花朵会常年不败。
青春小鸟一去难觅踪影，
只有美妙琴声与我同在。

2010年11月

琴声给我什么

春天给我鲜花，
秋天给我硕果，
琴声给我什么？
开拓了感情天地，
丰富了精神世界，
琴声给了我多彩的生活。

微风给我清爽，
细雨给我滋润，
琴声给我什么？
拂去了心中尘埃，
净化了人的灵魂，
琴声给了我美妙的音乐。

太阳给我灿烂，
月亮给我温柔，
琴声给我什么？
抛开了尘世纷扰，
消除了无名烦恼，
琴声给了我最大的快乐。

2010年11月

当我学会一首乐曲

当我学会一首乐曲，
就像翻过一座山。
回首登攀的小路，
曲曲折折并不平坦。

当我学会一首乐曲，
快乐就来到身边。
汗水浇灌出成功，
辛苦变成了甘甜。

经过一番努力，终于学会了弹一首新的乐曲，此时你是否有一种愉悦感，甚至有一种成就感？继续弹琴吧，还要登攀许多回，去看更美丽的风景。彩虹总在风雨后，辛勤耕耘就能获得丰收。

2010年11月

献给爱丽丝

爱丽丝，
你是“完美”的象征，
完美的人，
完美的事，
完美的情，
都是一生的追寻。

爱丽丝，
我每日为你弹奏，
用昂扬的琴声，
来抒发激情；
用柔和的琴声，
来倾诉温馨。

啊，爱丽丝，
我对你一往情深，
不停走向你，
我梦里的倩影；
永远仰望你，
我心中的女神!

《献给爱丽丝》是一首知名度很高、家喻户晓的钢琴曲。这是1810年贝多芬为他暗恋的女学生特雷泽而写的，当时作为家庭教师，他无法直接表达这份感情，就写了一首乐曲来抒发爱慕之情。德国音乐家诺尔在贝多芬去世40年后从特雷泽的遗物中发现了此曲手稿，1876年在出版这首曲子的乐谱时，诺尔把原名《致特雷泽》错写成《献给爱丽丝》，从此《献给爱丽丝》在世界广泛流传。乐曲的主题柔和亲切，宛如涓涓的清泉在回旋歌唱。我把“爱丽丝”看作是“完美”的象征，人永远达不到“完美”的境界，只能不断地追求完美，在追求的过程中，品味酸甜苦辣，体验人生的丰富多彩。你可以一步步走向“爱丽丝”，但你永远也走不到她的身边，她只是“梦里的倩影”“心中的女神”，“可望而不可即”，这也是人生的遗憾吧。我希望琴友们都学会这首著名的钢琴曲。

2010年11月

新年祝辞

——献给老师和琴友

看到漫天飘舞的雪花，
我向你们献上祝福片片：
轻轻的问候，浓浓的真情，
伴随着北方深深的惦念。
愿像一束灿烂的阳光，
把温暖送到你们身边；
愿像一缕馥郁的花香，
将芬芳散到你们心田。
回顾过去不必遗憾，
我们已品味了生活的甘甜；
瞻望未来满怀信心，
我们会欣赏到新春的笑颜。
时间带走了美好的年华，
也留下了温馨的怀念。
有缘在艺术世界里相逢，
结下友情将直到永远。
让我们弹起欢快的乐曲，
用琴声迎接新的一年；
让我们乘着音乐的翅膀，
一起飞向辉煌的明天！

2010年12月

祝贺辞
——在《梦中的婚礼》上《献给爱丽丝》

《多年以前》的一个《平安夜》，
《在那遥远的地方》，
《月朦胧，鸟朦胧》，
《夏日的最后一朵玫瑰》悄悄开放。
在《山楂树》那边，
《多瑙河之波》泛着银光。
《小星星》伴着《幽默曲》闪烁，
《湖上天鹅》随着《抒情曲》游荡。
一个《铃儿响叮当》的小伙子，
拿着《兰花草》在河边吟唱：
“《在水一方》，白露茫茫，
《真的好想你》呀，姑娘，
想起你的《绿袖子》那么美丽，
想起《你的眼神》那么明亮。
你唱过《采花调》亲切活泼，
也唱过《斗牛士之歌》热情奔放。
你弹过《风笛舞曲》轻快有力，
也弹过《小步舞曲》优雅流畅。
我问过你《知道不知道》，
《花儿为什么这样红》，这样芬芳？
你说是因为《梁祝》用爱情浇灌，

还有《我的太阳》在照耀它成长。
姑娘，为了梦中的《橄榄树》，
我要告别《故乡的亲人》去远方。
虽然离开你这个《知音》，
我心中的《涛声依旧》会回荡。”
啊，小伙子，不论你走到哪里，
都会唱起《四季歌》《思故乡》。
当《红莓花儿开》的时候，
你会在《青春舞曲》中与亲人欢聚一堂。
在《送别》时你也不必感伤，
真正的《友谊地久天长》。
姑娘也别问《何日君再来》，
有缘分自然就有《希望》。
等到《五月里》，风光明媚，
百花在《春之歌》中齐放。
你们会在《悦耳的歌声》中，
相逢在《莫斯科郊外的晚上》。
那时候，《在银色的月光下》，
你们《温柔的倾诉》衷肠。
《啊，苏珊娜》跳起《哈巴涅拉》，
《喀秋莎》唱起《欢乐颂》祝福吉祥。
最后大家共唱一首《我和你》，
让快乐的心儿在灿烂的夜空飞翔！

这份祝贺辞，是我把学过的五十首钢琴小曲的曲名串在一起而成的，算是对自己学琴三年的一个小结，一份纪念。这些优美的旋律，是感情的港湾，是精神的寄托。琴友们，尽情地弹奏优美的旋律吧！

2010年岁末

赠琴友

唱歌弹奏，
十分潇洒，
人生快乐应相随。
自由自在，
都把烦恼付流水。

歌声婉转，
琴声优美，
伴君岁月知几回？
嫣然一笑，
柔情化作彩云飞。

2011年2月

思琴友

茫茫人海难相识，
有缘是琴声。
黑白键上旋律美，
岁月不负一片心。

人生从来有离合，
依依别申城。
春雨如丝忆江南，
难忘同窗学艺情。

2011年2月

钢　琴

我叹息，
生活的劳累。
你的旋律，
使我心中，
有了一份甜蜜的欣慰。

我伤感，
鲜花的枯萎。
你的乐曲，
使我心中，
有了一朵不谢的玫瑰。

没有你，
世界并不可悲。
但是有了你，
世界会变得更美。

2011年4月

琴　声

黄昏时候，
你从耳边飘过，
那回眸一笑的温柔，
给了我美妙的感觉。
从此，
你走进了我的生命，
圣洁之光在我心空闪烁，
我不再
为岁月无情而惆怅，
也不再
嗟叹生活中的失落，
心情白云般舒畅，
胸襟碧海般开阔。
啊，琴声，
你是我感情的港湾，
你是我精神的寄托，
我相信
旅途中有你相伴，
一生就不会寂寞。

2011年4月

投入热情

热情，
是一团熊熊燃烧的火，
点燃了理想，
在心中闪烁，
追求钢琴艺术，
是我对自己的承诺。

热情，
使我弹起琴来，
心花盛开，
兴致勃勃，
手指在键盘上欢舞，
像白鸽在蓝天飞过。

热情，
使我在学琴路上，
扫清了阻碍，
摒弃了懒惰，
等到秋光绚丽的时候，
就会收获金黄的硕果。

2011年5月

坚持下去

既然学琴，
就要自始至终，
坚持下去，
才能取得成功。

持之以恒，
付出辛勤劳动，
就能弹出优美旋律，
那么娴熟，
那么从容。

坚持下去，
就能穿过
风雪弥漫的冬天，
看到春天的柳绿花红；
就能经过
阴雨绵绵的烦闷，
看到万里无云的晴空。

2011年5月

情有独钟

耳边飘过了许多声音，
都消逝如风，
唯有美妙的钢琴声，
使我情有独钟。
聆听大师的演奏，
如痴如醉，
如幻如梦，
那优美的琴声，
使我无限感动。

每当夜色迷人，
皓月当空，
我就仿佛听到了，
从远而近的琴声，
像春雨的淅沥，
秋风的飒飒，
像海浪的呼啸，
溪水的淙淙，
此刻，
一种独特的美，
流淌着，
流淌在我的心中。

2011年5月

开心地弹琴吧

别把弹琴当作，
一件苦差，
一种无奈。

弹琴是乐事，
脸上有笑，
心中有爱。

开心地弹琴吧，
沉浸在琴声里，
好像陶醉在花香中，
弹出了情趣，
弹出了光彩。

开花，是春天的心愿，
收获，是秋季的盼望，
快乐，是弹琴者的期待。

2011年5月

致钢琴老师

难得在音乐世界相逢，
有幸成了你的学生，
从此我们的生活中，
多了一道美丽的风景。
你带来的不只是琴声，
还有热情和温馨。
当我们的手指中，
飞出了动人的旋律，
心里就燃烧了激情，
也铭记了，
你辛勤耕耘的身影。
啊，敬爱的老师，
我们虽是细嫩的小草，
但要以生命的翠绿，
向你诚挚地致敬，
也愿意和你一样，
与琴相伴，永远年轻。

2011年5月

琴声里

琴声里，
有我的忧伤，
因为岁月给了我惆怅，
美好的青春总要逝去，
黑亮的头发终归变成霜。

琴声里，
有我的快乐，
因为生活给了我很多，
人间的关爱温暖了心，
珍贵的友情驱走了寂寞。

琴声里，
有我的追求，
因为上帝给了我双手，
描绘一幅生命的图画，
里面有自己的山清水秀。

琴声里，
有我的希望，
因为世界给了我方向，
走过夜色迷茫的黑暗，
看到黎明后日出的辉煌。

2011年5月

道是无情却有情

琴无情，
躺在那里，
冷冰冰。

琴有情，
站了起来，
笑吟吟。

无情还是有情，
在于弹琴的人。

注入了激情，
琴，就有生命；
赋予了真情，
琴，就有灵魂。

人和琴，
化为一体，
就会弹出，
动人的和谐之音。
此时，
琴就变成了，
一位美丽的女神。

2011年5月

献给你

红花奉献给绿地，
白云奉献给蓝天。
对你，美妙的琴声，
我用什么来奉献？

用耕耘时的汗水，
用收获时的笑颜，
对你不懈的追求，
对你永远的依恋!

2011年5月

弹琴者

一身白裙，
头发长长，
眼睛明亮。

悠然弹琴，
那么优雅，
那么舒畅。

灵活的双手，
翩翩起舞；
柔美的旋律，
微微荡漾。

像一朵花，
悄悄地开放；
像一片云，
轻轻地飞扬。

8岁的外孙女武可，在弹奏李斯特的《爱之梦》，为她写一首小诗。

2011年6月

曾经相聚

茫茫人海中难得相遇，
悠悠琴声带来了新的生活。
曾有过春天的耕耘，
也有过秋天的收获，
动人的旋律在心中回荡，
像灿烂的星星在夜空闪烁。
聚散离合，从来如此，
命运的安排谁能摆脱，
聚时欢笑，散时伤感，
用美好的怀念来抚慰失落。
不管浮萍飘到何处，
都会记得曾经相聚过，
人的一生有许多回忆，
学琴是我心中美丽的花朵。

中央电视台《七夕晚会》上男女对唱《萍聚》，美妙的词曲拨动了我的心弦。很快，我弹会了这首乐曲，一边弹奏，一边感慨。据说，一个人和另一个人相遇的可能性是千万分之一，成为朋友是两亿分之一，成为节假日还不忘送问候的朋友的概率为八亿分之一。茫茫人海中难得相聚，有聚就有散，有圆就有缺。告别南国，难忘曾与老师和琴友们一起度过的美好时光。弹奏一首《萍聚》吧，诉说我心中的万分感慨！

2011年8月于北京

献给老师

像细雨润物，
像春风拂面。
你亲切的笑容，
闪现在我们的眼前，
你热情的教诲，
长记在我们的心间。
谢谢你，老师，
我们希望风雨之后，
你欣喜地看到；
桃红李白，开得鲜妍。
我们会和你一起，
在人生路上永远向前，
乘着琴声的翅膀，
飞越未来的雨季和晴天。

2011年教师节

难以遗忘
——弹《被遗忘的时光》有感

一切都会过去，
往昔的情景，
已在岁月的烟云中迷茫。
那青春的风采，
也随着如水的年华流淌。
但是，心还在，
回忆之门总要开放。
欢乐的如同
红花在丽日下盛开，
灿烂的笑容挂在脸上；
悲伤的如同
黄叶在冷风中飘零，
痛苦的泪水湿了衣裳。
人生有多少过去的时光，
有些并没有被遗忘。
它们
在怀旧中苏醒，
在歌曲中传唱，
一生中难忘的情怀啊，
永远在人的心空闪亮。

我曾听过蔡琴唱《被遗忘的时光》，优美的歌声倾诉着对往昔情景的怀念，吐露出一种淡淡的哀伤。昨晚看央视《星光大道》，一个男低音在唱《被遗忘的时光》，浑厚的歌声很动人。现在，我弹奏这首乐曲，不禁思绪纷飞。人的一生中，有多少经历过的时光，其实有些并没有被遗忘，而是一直藏在心底，一旦被某种东西撩动了心弦，回忆之幕便打开了，那往日情景就会浮现在脑海，在怀念、回味、怅惘……琴友们，不妨吟唱、弹奏这首《被遗忘的时光》，在“怀旧”中，来感受生活中的一种情味吧！

2011年12月

致琴声

你是天宫仙乐，
你是高山流水。

你是天上知音，
你是心中玫瑰。

你为我传情，
我为你陶醉。

你余音袅袅，
我依依相随。

2011年12月

我爱弹钢琴

弹琴，
让我展开想象的翅膀，
神游世界，到处留下足迹，
胸怀变成了广阔的天地，
只见云霞飞舞，洪波涌起。

弹琴，
让我的思维花朵绽放，
它不会凋谢，一直鲜丽，
在美的音乐中使智力开发，
在美的熏陶里让痴呆远离。

弹琴，
让我在旋律中健身强体，
不会为老态龙钟而叹息，
只要有健康与人同在，
就会永远保持青春的活力。

弹琴，
让我结识了许多朋友，
友情带来了温暖和鼓励，
琴声悠悠，情意绵绵，
心中永存这份美丽的回忆。

2012年1月

弹　吧

没有花朵春天会惆怅，
没有音乐生活会寂寞。
弹吧，多情的琴声，
让我的心灵充满快乐。

没有红霞蓝天会单调，
没有白浪碧海会失落。
弹吧，优美的琴声，
让我的世界色彩很多。

2012年1月

美在梦中

——弹《梦中的婚礼》有感

鲜花芬芳，
钟声悠扬，
牵着恋人的手，
走向神圣的殿堂。
婚纱鲜丽，
戒指闪亮，
气氛那么浪漫，
心情那么欢畅。
梦是愿望的代替，
梦是现实的化装。
梦中婚礼虽然虚幻，
却是壮丽辉煌！

人生需要有梦，
有了梦想，
心灵就有憧憬；
有了梦想，
生命才会闪光。
人生需要好梦，
好梦联翩，

就是福气相伴，
好梦成真，
就是华丽乐章。
多一些好梦吧，
梦是美的天堂!

世界名曲《梦中的婚礼》是钢琴王子理查德·克莱德曼的经典曲目。这个曲子的背后有一个动人的故事：14岁的少年，爱上了一个女孩，他们成了朋友。谁知这个女孩竟是梦之国的公主，命中注定了她不可能爱上一个平凡的人。少年伤心地走了。六年后，一直不忘情的他回到了梦之国。这时，在城堡中公主正和邻国的王子举行婚礼，他走到教堂，看见一支弓箭正对着公主。他冲到她面前，张开双臂，说：“别怕，我会保护你的。”他中箭了，缓缓地倒在她的脚下。他睁开眼，公主穿着婚纱，含笑看着他。在他们旁边，天使为他们唱着祝福的歌。《梦中的婚礼》的意境浪漫而凄美。全曲有四段：前奏、低潮、过渡和高潮，每段的感觉不同。要弹得轻柔，讲究连贯性，控制好力度；要投入感情，展开想象。我很喜欢这首曲子，弹时心随梦飞，寻找梦幻的感觉，憧憬世间一切美好的事物。当然，婚礼是梦中而非现实，曲子里自然有一些伤感。琴友们，让我们在悠扬的旋律中，感受心灵的颤动、生活的领悟吧！

2012年3月

北方的月光
——弹《城里的月光》有感

心上有一个地方，
总有个回忆不会忘记。
北方的月光有些冷清，
我想起了南方的温馨。
人间的聚散无定，
不必为离别感到孤寂，
只要深深的情谊还在，
是否相逢也无须在意。
今夜，月光如此迷人，
我享受着一份恬谧，
朋友啊，
让我的思念飞向南方，
轻轻的
飘落在你的梦里。

琴友说在弹《城里的月光》，我找来曲谱，用了两天时间弹会了，很好听。我又听了这首歌曲的原唱许美静的演唱，她唱得很动人。歌曲的词曲作者陈佳明，是新加坡的金牌制片人、首席词曲创作人。许美静是新加坡女歌手，是陈佳明一手打造的得意门徒。《城里的月光》是许美静的经典歌曲，她在2008年央视的中秋晚会上演唱了这首歌。曲子富有韵味，很容易让人勾起尘封的记忆，回味如梦的往事，在伤感中体味温情脉脉，柔情似水。我写这首小诗，是表达对江南、对朋友的怀念之情。北方的月光并非不好，虽然“有些冷清”，但也“迷人”。不管是北方的、南方的、城里的、乡下的，银色的月光总是让人遐思，联想翩翩。“城里的月光把梦照亮”，愿皎洁的月光把我和老师、琴友们的梦照亮，在美丽的梦中享受温馨、甜蜜和芬芳……

2012年3月

梦中的演奏

——给参加音乐会的远方琴友们

昨日辛苦耕耘，
今日快乐收获。
在亮丽的舞台上，
展示你的风采，
闪耀你的光芒。
尽情地弹奏吧，
这里是蓝天，
你是一片白云，
自由地飘扬；
这里是绿地，
你是红花，
灿烂地开放。
你的弹奏，
从容自若，
优雅大方。
是爱的倾诉，
是心的歌唱。
你的弹奏，
不论是激情如火，
还是柔情似水，

都注入自己的感情，
在悠扬的旋律中，
自然地流淌。
你的琴声，
美妙动人，
像春天的温柔，
吹散冬的忧伤。
你的琴声，
余音袅袅，
像玫瑰的芬芳，
飘在人的心上。

琴友们，你们在五月份举行音乐会，我特写一首小诗献给你们。在陈老师的悉心指导下，你们的学习进步很大，收获颇多。音乐会就是你们成绩的展示，琴艺的展现。遗憾的是，我不能在现场欣赏你们精彩的演奏，只能在梦中倾听你们悠扬的琴声。也许现实里并没有想象中那么完美，那么浪漫，但我相信，经过认真的准备，你们会弹出自己最好的水平，我愿看到你们满意的笑容和老师赞许的目光。祝音乐会成功，祝老师和琴友们快乐！

2012年4月

雨与琴

窗外，
雨在飘落，
屋内，
人在弹琴。
细雨洒思念，
琴声诉友情。
思念像细雨，
一缕缕，
一丝丝，
蕴含我的情。
友情似琴声，
一声声，
一阵阵，
温暖你的心。
思念不断，
友情难忘，
天长地久，
温馨伴一生。

2012年6月

致艺海

艺海，
我热爱你，
虽然达不到你的彼岸，
但能在你的波中嬉戏，
我已经感到惬意，
听，洪波呼吸，
看，浪花飞舞，
让人心旷神怡。

艺海，
我感谢你，
你的壮丽，
让我平淡的生活，
充满了浓郁的诗意，
你的魅力，
让我在浮躁的尘世中，
享受一份难得的安逸。

艺海，
我赞美你！

2012年7月

弹奏一曲

郁闷时弹奏一曲，
眼前一片亮堂。
快乐的云彩，
在心空飘扬。

思念时弹奏一曲，
身边一缕芬芳。
美丽的花朵，
在心田绽放。

2012年7月

听琴声

琴声里有海浪的奔腾，
呼唤着久违的激情；
琴声里有泉水的清纯，
滋润着干燥的生命。

琴声里有春天的温暖，
融化了身上的寒冷；
琴声里有太阳的灿烂，
驱走了心空的阴云。

2012年7月

弹琴让人年轻

生活风情万种，
我独喜爱弹琴。
琴是一位知己，
伴我欢度黄昏。

岁月苍老容颜，
弹琴让人年轻，
听到激情呼唤，
看见青春身影。

2012年7月

弹琴就是抒情

琴与情相近，
弹琴就是抒情。
琴声抒发了：
真挚的亲情，
珍贵的友情，
缠绵的爱情。

琴是情的依托，
情是琴的灵魂。
弹琴者，
是最有感情的人；
弹琴者，
是最会抒情的人。

2012年8月

即　使

只要心中还有春天，
即使在冰天雪地的寒冬，
生命的叶子也不会凋谢。

只要身边还有钢琴，
即使在老态龙钟的暮年，
悠扬的琴声也不会停歇。

2012年8月

多谢了，老师

你带来了琴声，
我们不再寂寞；
你送来了良机，
我们不会错过。
用心播下种子，
我们对你许诺，
一番耕耘后，
你将看到一份收获：
一簇簇盛开的花，
一串串结出的果，
也许是些小花，
也许不是硕果。
多谢了，老师，
你的辛勤，
我们心中铭刻。
在欢庆的时候，
我们和你同唱一首歌，
歌名叫做《弹琴快乐》。

2012年8月

致音乐

啊，音乐，
你不能使我一生安逸，
但可以让我，
在红尘的喧嚣中，
得到一份甜蜜的静谧。

啊，音乐，
你不能使我永远快乐，
但可以让我，
在人间的烦恼中，
享受一份惬意的欣喜。

啊，音乐，
你不能为我阻挡风霜，
但可以让我，
在艺术的滋润中，
焕发一份青春的活力。

啊，音乐，
你不能为我留住岁月，
但可以让我，
在怀旧的思念中，
保存一份美好的回忆。

2012年11月

秋之幻想
——听克莱德曼演奏后

秋高气爽，
银杏树与《秋日私语》，
容光焕发，
落日下一派金黄。
我在弹琴，
把诚挚的情意，
《献给爱丽丝》，
我的偶像。
此时，
《星空的旋律》，
在键上流淌，
《爱的小夜曲》
在心中荡漾。
琴声中，
我看到《梦中的婚礼》，
浪漫而辉煌，
我听到《少女的祈祷》，
甜美而忧伤。
琴声中，
我勾起了《童年的回忆》，

温馨而令人难忘，
我想起了《杜兰的微笑》，
灿烂而令人神往。
蓦然，
有一位女神，
乘着琴声的翅膀，
飘然而至，
神采飞扬，
啊，
是《水边的阿蒂丽娜》，
前来拜访……

《秋日私语》《献给爱丽丝》《星空的旋律》《爱的小夜曲》《梦中的婚礼》《少女的祈祷》《童年的回忆》《杜兰的微笑》《水边的阿蒂丽娜》，都是克莱德曼演奏的曲目。我想演奏这些名曲，但“心有余而力不足”，只有寄于“幻想”，在行云流水般的旋律中沉入梦境……

2012年11月

祈　祷

——听钢琴曲《少女的祈祷》

美丽的少女，
你在祈祷什么，
也许是，
对美的追求，
对爱的渴望。
我仿佛看到，
你脸上洋溢着喜悦，
洒满了温馨的月光；
也似乎听到，
你一声轻轻的叹息，
诉说着心中的感伤。
啊，纯洁的少女，
你像一朵娇嫩的花，
散发出幽淡的清香。
我也在祈祷，
愿像你一样，
充满着青春的活力，
生命在闪闪发光。

钢琴名曲《少女的祈祷》是波兰女钢琴家、作曲家巴达捷芙斯卡于1856年创作的，时年仅18岁。她不幸于24岁因肺炎去世。她的主要作品为35首钢琴小曲，其中只有《少女的祈祷》脍炙人口，广为流传。她虽然生命短暂，却因这首精致的钢琴小曲而流芳百世。

2012年11月

致琴友

尝了学琴味，
方知学琴苦。
越学越困难，
总是有难度。
学琴要奋力，
不畏崎岖路。
继续向前走，
坚持不停步。
没有好悟性，
就用勤弥补。
待到甘甜来，
我为君欢呼。

2013年3月

难　忘
——弹《我们的时光》有感

我们的时光，
在岁月中穿行，
把靓丽的风景共赏：
春光的明媚，
夏绿的葱茏，
秋叶的金黄，
冬雪的银装，
这些美好的景象，
都被我珍贵地收藏。

我们的时光，
在琴声里度过，
把优美的旋律共享：
大河的奔腾，
小溪的吟唱，
日出的欢呼，
花落的悲伤，
这些深切的感受，
都让我温馨地回想。

在上海浦东水清木华公寓，每星期中的一天，钢琴班的一些琴友到我家相聚，满屋欢声笑语，唱歌、弹琴，充满温馨的气息，给人留下难忘的印象。琴友们，如今我人在北方，心系南国，你们优美的歌声和琴声，你们熟悉的笑容和身影，都永远存留在我亲切的怀念中！

2013年5月

旋律世界

当琴声响起的时候，
就走进了旋律世界，
一个广阔的天地，
一个神秘的地方。
不论是豪放还是婉约，
都能在这里吟唱；
不论是欢乐还是痛苦，
都能在这里流淌。
那细致微妙的感情，
可以在这里意会；
那些天马行空的想象，
可以在这里飞翔。
动人的旋律啊，
我已在你的世界徜徉。
情，终于有了归属，
心，从此不再流浪。

2013年9月

琴声是河

琴声是一条河，
流淌着我的感情，
时而激昂浓烈，
时而柔和温情，
清澈的水波里，
荡漾着思念和温馨。

悠悠的琴声啊，
缓缓地流向远方，
流过千山万水，
流过黎明黄昏，
流到秋天的江南，
流到友人的梦境。

2013年10月

人生如琴

琴声不断变化，
起起伏伏，
伏伏起起，
起如大河奔腾，
伏如小雨淅沥，
不管怎样，
只要弹奏着好曲，
都是美妙的旋律。

人生就像琴声，
低低高高，
高高低低，
高像登上峰顶，
低像走进谷底，
不管如何，
只要微笑着生活，
都是美好的回忆。

2013年11月

你与音乐结缘

你与音乐结缘，
钢琴成为知音。
春夏秋冬，
你的生活散发着芳馨；
喜怒哀乐，
你的感情融入了琴声。
优美的旋律，
伴你穿过岁月的风雨；
高雅的艺术，
帮你拥有美丽的人生。
不因凡尘喧嚣而烦躁，
琴声让你心境安宁；
不为青春易逝而感叹，
音乐使你永远年轻。

2013年11月

感谢你，琴声

我是如此喜爱你，
啊，美妙动人的琴声。
只想得到一点温情，
抚慰饱经沧桑的心，
你却给了我厚爱，
伴我欢度美好黄昏，
就像原想有一缕东风，
你却给了我无限春光。
怎样感谢你，琴声，
只有辛勤地耕耘，
回报你的一片深情。
永远珍爱你，琴声，
四季都让你的响起，
直到走完人生旅程。

2013年12月

黄昏的琴声

青春的小鸟已飞得无影，
绚丽的晚霞在装扮黄昏，
淡泊的心湖没有了波浪，
暮年的情怀是一份宁静，
如果想享受温馨和浪漫，
请听这洒满月光的琴声。

2013年12月

朋友，弹琴吧

朋友，
你想弹琴吗？
如果有条件，
就不妨学钢琴。

弹琴，
是高雅艺术，
弹琴，
是倾诉感情。

弹琴，
是红尘中的悠闲，
弹琴，
是生活里的温馨。

弹琴，
能陶冶情操，
弹琴，
能愉悦身心。

弹琴，
使你变得年轻，

弹琴，
使你魅力永存。

朋友，
弹琴吧，
让优美的旋律，
永远伴随你一生。

2013年12月

抒情小诗

生命喜欢自由，
爱鸟在蓝天任意飞翔，
爱鱼在碧海尽情畅游。
生命喜欢美丽，
爱杏花春雨几多柔美，
爱长河落日十分壮丽。

我不是专业诗人，只是一个业余的诗歌爱好者。诗的本质是抒情，我用浅显的文字，抒发自己心中的感情。许多小诗都是有感而写，随意而作，没有多少修饰。如果朋友们觉得它们诗意不浓，就当作散行的文字来看待吧。我写诗如同学琴，主要是为了自娱自乐，愉悦身心，给平淡的日子添了一点情趣，给安静的晚年加了一点色彩。至于写得如何，我并不在意。

致

每朵花都有自己的春天，
每个人都有自己的歌。
歌中有鲜花盛开的喜悦，
也有星光暗淡的失落。
人生从来就不会完美，
没有遗憾就不叫生活。
不要因挫折停止了步伐，
不要使未来的岁月蹉跎，
多看看青山绿水的秀丽，
多想想碧海蓝天的广阔。
快扔掉一切烦恼吧，
让生命中洒满了欢乐！

2010年5月

平安夜

平安夜，
快乐夜。
烛光化为祝福语：
愿君常开颜，
年年皆欢悦。

平安夜，
温馨夜。
人间最贵友情花，
愿君多珍惜，
岁岁永不谢！

2010年12月

春　节

玉兔来，
春节到。
白雪满天飘，
红梅花枝俏。
人间年年盼好运，
祝愿今朝更美好：
开心多，
烦恼少，
快乐常相伴，
幸福身边绕。

2011年1月

元　宵

爆竹响，
又是一年元宵节。
灯灿烂，
月皎洁。
汤圆多甜美，
笑容更亲切。
愿君好梦圆，
人间处处皆和谐。

2011年2月

赠老师

万物复苏迎清明，
杨柳依依景色新。
正是桃李花开日，
不忘春风化雨情。

2011年4月

中　秋

天上月圆，
人间花好。
金秋送爽佳节临，
处处皆温馨。
人生聚散无定，
难得是开心。
且请明月传我情：
一声问候，
一份关爱，
伴君好梦到天明。

2011年9月

国　庆

秋光绚丽，
欢度国庆。
红灯闪着快乐，
焰火点燃热情，
到处是欢歌笑语，
不负这良辰美景。
我思绪纷飞，
带着一份怀念，
一串祝福，
飞向友人心。
请金风传送：
悠悠琴声，
款款深情；
请丹桂飘去：
缕缕芳香，
浓浓温馨
……

2011年10月

时光如流水

时光如流水，
流走了青春年华，
留下了伤感和欣慰。

时光如流水，
流走了欢乐情景，
留下了怀念和回味。

时光如流水，
流走了多少美好，
流不走梦想的光辉。

时光如流水，
流走了万紫千红，
流不走心中的玫瑰。

2011年10月

青山不老

绿水长流，
青山不老。
发已如冬雪，
心却似春草。

大海虽平静，
也会有波涛。
青春活力还在，
生命就要闪耀。

2011年10月

致老年

老年，不必感伤，
花有开有谢，树有荣有枯，
岁月终会使人鬓发成霜，
但只要有一颗年轻的心，
青春就能在身上闪亮。

老年，不必感伤，
怀旧虽说是人之常情，
却不能用回忆来打发时光。
昨日一切都是过眼云烟，
今天要新的生活扬帆起航。

老年，不必感伤，
人生如歌，情调各有不同，
都能唱出自己的乐章。
青年有晨之歌清脆嘹亮，
老年有小夜曲婉转悠扬。

老年，不必感伤，
只要夕阳绚烂夺目，
何须为临近黄昏而惆怅。
永远与快乐相伴吧，
让生命放出美丽的光芒。

2011年12月

新春祝愿

不见漫天飞舞的雪花，
只见杨柳吐翠的春光。
阵阵钟声送走了昨日，
新春之歌在云天飘荡。
呵，亲爱的朋友，
此刻请倾听我的祝愿：
愿起航的生活之舟，
平安地驶到美丽的港湾，
愿展翅的理想小鸟，
快乐地飞到明朗的远方。
愿真挚的友情与你相伴，
走过四季，一路芬芳！

2012年1月

春归曲

燕子飞，
春已归。
小河冰消，
杨柳吐翠。
春风绿大地，
芳草映朝晖。
忆江南，
景色美，
杏花春雨，
梦里几多回。
思悠悠，
一曲高山流水，
情满心扉。
望星空，
今夜无眠，
欲与明月共醉。

2012年2月

三八致辞

阳春三月，
佳节喜临，
正是桃红柳绿，
鸟语花香。
女人如花花似梦，
良辰美景应珍惜，
莫让年华空流去，
辜负好春光。

休叹红颜易老，
青丝成雪，
笑看人生，
岁月无情也无妨。
像云一样洒脱，
从容面对风霜；
像月一样淡泊，
悠然走过沧桑。

人间自有友情在，
不需孤芳自赏。
温暖同行，

融化寂寞；
欢笑相伴，
驱走忧伤。
情谊长存，
心空永远飘芬芳。

2012年3月

春日遐想

每个季节都美丽，
春天最让人钟情。
喜桃花似霞，
爱芳草如茵。
和风吹洒甘雨，
播种下希望，
旭日飘舞祥云，
放飞着憧憬。
淙淙泉水，
欢快地歌唱新春，
悠悠琴声，
甜美地诉说温馨。
你的友情，
像一缕缕春光，
明媚我的梦境；
我的怀念，
像一片片花瓣，
芬芳你的心灵。

2012年4月

小雨中漫步

我在小雨中漫步，
走着一条幽静的小路。
雨在空中轻轻地飘落，
我的思绪也纷纷飞舞。

我和你曾在小雨中漫步，
温馨中有种甜甜的幸福。
那青涩岁月的美妙感受，
一直在我心中深藏不露。

如今已不知你在何处，
多情的小雨啊能否告诉：
你的声音还是那么动人？
你的美丽还是依然如故？

我在小雨中漫步，
心中的深情向谁倾吐？
小雨啊，止不住我的思念，
微风啊，请传送我的祝福！

2012年5月

端　阳

五月榴花盛开日，
又逢粽子飘香时。
片片粽叶片片情，
送来温馨好甜蜜。
每逢佳节思念多，
最难忘却是情谊。
人不相聚心相通，
祝君端阳皆如意。

2012年6月

思　念

思念，
化作跳动的音符。
有时奏出轻快的曲调，
像山涧活泼的清泉，
潺潺地流出欢畅；
有时奏出忧伤的旋律，
像天上冷清的月光，
静静地洒下惆怅。

思念，
一直住在我的心房，
它不乐意静坐，
总是喜欢飞翔。
无论清晨和黄昏，
无论阴暗和晴朗，
它都乘着隐形的翅膀，
飞向想去的地方。

2012年8月

美妙的歌声

那时，也许是天意，
蓦然听到你动听的歌声，
我的世界里，
从此添了一份美丽。
如今，我在遥远的北方，
常常唤起对南国的回忆，
千山万水，
挡不住美妙的歌声，
一年四季，
忘不了珍贵的情谊。
当思念悄然绽放的时候，
你深情的歌声又在飘起，
无论是伤感，
还是甜蜜，
都化作一缕缕温馨，
轻轻地飘到我的心里。

2012年8月

谁给我

我为年华似水感慨，
在落花的小径徘徊。
失意时谁给我温存，
孤寂中谁给我厚爱。

啊，琴声，你的乐音，
让我忘却岁月的无奈。
啊，友人，你的情谊，
为我解除忧郁的心怀。

2012年8月

但愿人安好

相遇是无意，
相识是天意。
无缘擦肩过，
有缘成知己。

虽然难相聚，
心中常惦记。
但愿人安好，
不必问归期。

2012年8月

夕阳吟

花开花落，
岁月匆匆，
悲欢离合寻常事，
人生须从容。
送走朝霞美，
迎来夕阳红，
鬓发成霜心未老，
笑看秋月春风。
多少情和爱，
都付琴声中。

2012年8月

友　情

友情，
是夏日清凉的浓荫，
是冬天温暖的阳光。
友情，
是旅途上寂寞心灵的良伴，
是生命中美妙动听的乐章。
友情生长在心田，
用真诚和珍惜培养，
经过风雨的洗礼，
伴随着你一生芬芳。

2012年8月

怀　念

怀念是一杯清茶，
苦中有甜，
幸福的忧伤，
甘美的惆怅。

怀念是一缕花香，
悠久绵长，
吐芳在心田，
飘散到远方。

2012年8月

珍　惜

花儿谢了，
明年还会开。
青春走了，
再也回不来。
当你拥有时，
请多珍爱；
错过了机缘，
只有无奈。
及时珍惜吧，
美好会常在；
懂得珍惜吧，
生命放光彩。

2012年8月

我爱这样的生命

生命喜欢自由，
爱鸟在蓝天任意飞翔，
爱鱼在碧海尽情畅游。

生命喜欢美丽，
爱杏花春雨几多柔美，
爱长河落日十分壮丽。

生命喜欢坚强，
爱海边礁石冷对惊涛，
爱山顶青松笑看风霜。

生命喜欢充实，
爱夜光杯中斟满美酒，
爱苹果树上挂满果实。

自由、美丽，
坚强、充实，
这就是我爱的生命。

2012年9月

熟悉的歌声

你悠扬的歌声，
我没有忘记，
凡是美好的，
总会留在记忆里。
在这风多雨少的北国，
常常想起你的歌声。
歌声里，
有南方的霏霏细雨，
能温润这干燥的日子。
歌声里，
有友人的浓浓情谊，
能驱散我心中的忧悒。
看窗外风儿拂着绿叶，
熟悉的歌声又响起，
像月光一样温馨，
像白云一样飘逸。

2012年9月

一句问候

一句问候，
很简单，
只是问你可安宁。

一句问候，
很平常，
送去了一份温馨。

一句问候，
轻轻的，
倾注了我的真诚。

一句问候，
淡淡的，
融入了我的深情。

2012年11月

雪　花

雪花，
漫天飞舞。
轻盈而悠然，
向大地飘洒。

雪花，
一尘不染，
晶莹而纯洁，
让生命升华。

雪花，
默默无语。
一片片柔情，
在心里融化。

雪花，
淡淡素雅。
一瓣瓣芬芳，
温馨到万家。

2012年12月

有　感

世界末日已过去，
辉煌太阳又升起。
三千红尘云烟尽，
万里风光更绮丽。

玛雅历法宣称2012年12月21日是世界末日，地球将在此日发生重大灾难，或出现“连续的三天黑夜”等异象。后来，“世界末日”的预言破产了。

2012年12月

祈平安

钟声送祝福，
温情化严寒。
今夜烛光亮，
为君祈平安。

2012年12月

新春抒怀

今宵景色美，
红梅报春归。
弹琴一曲心已旷，
饮酒三杯人欲醉。
钟声传祝愿，
快乐永相随。
待到梦想开花时，
赞歌伴着彩云飞。

2013年2月

元夕祝福

人生风雨求平安，
但愿万事皆圆满。
心中一轮明月在，
自有温馨永相伴。

2013年2月

佳节寄语

三八喜临，
春暖花开。
虽有风雨也无妨，
阳光自会来。
少烦恼，
常开怀，
快乐生活，
浪漫情调，
人生舞台须精彩。

爱心如天，
情谊似海。
青春易逝，
神采不衰。
纵然红颜变白发，
人已年迈，
心却不老，
且看绿水长流，
青山犹在。

2013年3月

春　愿

人间四月天，
正是春意闹。
和风遍地吹，
丽日普天照。
桃花笑红脸，
杨柳舞绿腰。
鱼儿水中游，
小鸟枝头叫。
一曲春之歌，
旋律多美妙。
但愿春常在，
天天心情好。

2013年4月

喜　爱

蒙蒙细雨中，
打着小伞漫步。
静静黄昏里，
对着晚霞遐想。

躺在芳草地，
仰望白云飘逸。
坐在大海边，
聆听碧波激荡。

和春天相约，
百花园里沉醉。
与朋友欢聚，
快乐世界徜徉。

2013年4月

你的歌声

你动人的歌声，
我十分欢喜。
像春天的细雨，
飘洒在心里。
那温馨的感觉，
叫人难以忘记。
虽然已多年别离，
歌声还时时响起。
岁月会为我珍藏，
这份美好的情谊。

2013年4月

端午情

年年粽子香，
悠悠端午情。
不在甜蜜多，
只要温暖心。

2013年6月

老　了

老了，
喜欢怀旧，
在回忆的屏幕上，
观看青春的风景。

老了，
爱好弹琴，
在优美的旋律中，
呼唤失去的激情。

老了，
追求淡泊，
在幽静的黄昏时，
忘却世俗的功名。

老了，
需要安宁，
在和谐的氛围里，
享受生活的温馨。

2013年8月

怀　旧

怀旧，
美丽的花，
常常开放，
生命不会凋谢，
四季散发芳香。

怀旧，
心中的歌，
人人皆唱，
有的哀婉低回，
有的欢快昂扬。

怀旧，
岁月流逝，
往事迷茫，
化为云烟飘去，
留下几许惆怅。

怀旧，
回眸一笑，
不必多想，
扬起人生风帆，
驶向美好远方。

2013年9月

憧 憬

憧憬，
人们都喜爱，
是美丽的向往，
是朦胧的期待。

憧憬，
驱走了苍白，
心灵就会充实，
人生更能精彩。

憧憬，
未来虽难猜，
总要勇往直前，
尽管青春不再。

憧憬，
愿梦想成真，
旭日辉煌升起，
花蕾灿烂绽开。

2013年9月

致月亮

——中秋赠亲友

啊，月亮，
你远在青天上，
我在向你仰望。

你的皎洁，
给了我一个银色的世界，
没有人间的肮脏。

你的宁静，
给了我一方清雅的天地，
没有尘世的扰攘。

你的温柔，
给了我一片思念的海洋，
在那深情里游荡。

你的神秘，
给了我一份浪漫的遐想，
在那彩云间飞翔。

啊，月亮，
你近在我的心中，
我要为你歌唱。

2013年9月

秋　歌

当秋风吹起的时候，
听到一阵歌声飘来，
婉转、悠扬，
好像来自空谷中，
又仿佛来自高楼上。
歌声中有甜甜的喜悦，
还有淡淡的忧伤。
啊，
丹桂飘香，金风送爽，
是谁在深情歌唱，
把满腹心事吐向远方
……

2013年9月

游　泳

当年，
意气风发，
青春闪光，
初试身手，
横渡长江。
到中流击水，
劈波斩浪，
奋勇向前方。
笑傲江湖，
踏破惊涛，
正是豪情万丈。

而今，
年华流逝，
鬓发成霜，
壮志不再，
从容看夕阳。
虽无大江气概，
池中游泳也舒畅。
莫道已老矣，
且看碧波中，

游弋自如

依然神采飞扬。

2013年9月

致中年

中年，
人生已走到盛夏。
一派葱茏，
用热情
点燃生命的火光。

中年，
正是如日中天时。
珍惜年华，
用彩笔
描绘岁月的华章。

中年，
年富力强有作为。
豪情壮志，
用才智
铸就时代的辉煌。

中年，
承前启后创未来。
任重道远，
用汗水
浇出梦想的芬芳。

2013年9月

中秋语

中秋节，
温馨夜。
良辰美景须尽欢，
桂花香正烈。

情深深，
思切切。
花好月圆人长久，
天涯共喜悦。

2013年9月

重　阳

天高气爽，
九九重阳。
枫叶欲红，
菊花飘香。
登高远眺，
心系故乡。
惦念亲友，
思绪飞扬。
金秋绚丽，
胜似春光。
欢度佳节，
祝君安康。

2013年10月

人生之旅

人生就像一次旅行，
不必匆匆而过，
可以驻足一下，
欣赏途中的风景。
走过了青山绿水，
穿过了凄风苦雨，
一路芬芳，
一路艰辛。
等到达了终点，
回眸一望，
最闪亮的不是结果，
而是美丽的过程。

2013年10月

雾　霾

正是秋意浓浓，
京城雾霾重重，
仿佛在混沌世界里，
一切朦朦胧胧。
就像雾霾，
布满了天空，
绵绵的思念啊，
也弥漫在心中。
雾霾有消散的时候，
思念却没有始终，
白天绕在身边，
夜晚还伴着你入梦。

2013年10月

深　秋

秋深了，
树叶已经变黄。
我心中的挂念啊，
依然是不变的绿装。
任秋风劲吹，
寒露凝霜，
友情之花不会飘落，
始终在默默地绽放。

2013年10月

叶　落

叶落了，
思念失去的绿色；
人老了，
回忆飘去的青春。
叶落在大地上，
明春还能够发芽，
人老于岁月中，
来年不再有曾经。
顺其自然吧，
不必多伤情，
不管季节轮回，
心境始终平静，
淡然一笑，
生命还会散发芳馨。

2013年10月

你是一朵白云

人生欢聚几何，
唯有别离多。
难得相见一面，
心中话要说。

思念没有界限，
哪怕山高水阔。
你是一朵白云，
常在我心空飘过。

2014年1月

老年的心

老年的心，
是平静的湖水，
倒映着婆娑绿柳，
没有翻腾的波浪。

老年的心，
是晴朗的天空，
洒脱似白云漫游，
快乐像鸟儿飞翔。

老年的心，
是幽雅的花园，
常年有友情绽放，
散发淡淡的清香。

老年的心，
是回忆的荧幕，
聆听岁月的老歌，
耳边不停地回响。

2014年1月

致南国的朋友

岁月流逝了多少年，
还没忘记灿烂的曾经，
我常常想起，
和你一起打球的情景。

挥手拍打的姿态，
灵活奔跑的身影，
在闪光的日子里，
一道多么美丽的风景。

在打球中寻找快乐，
在运动中焕发青春，
虽然美好已成为回忆，
却在心中散发着芳馨。

怀念你，南国的朋友，
友情温暖了北方的心，
愿我们还是那么潇洒，
在生活中永远年轻。

2014年2月

致女人

温柔善良，
仪态万方，
像兰花淡雅脱俗，
像玫瑰馥郁芬芳。
当青春暗淡时，
美在气质中闪亮，
红颜易老花落去，
魅力永存吐清香。

满怀信心，
追求梦想。
不仰望别人的风景，
不模仿别人的形象，
展示自己的风采，
让个性灿烂绽放，
把一份精彩，
留在人生舞台上。

热爱生活，
笑对风霜。
驱散心中的阴云，

洒满明媚的阳光，
告别昨天的美好，
迎来明日的辉煌，
无怨无悔，
一路欢歌奔前方。

2014年3月

相　遇

相遇是缘分，
自然而不刻意，
灵魂的邂逅，
带来一份欣喜。

身影是那么清晰，
笑容是那么熟悉，
无论花开还是叶落，
芬芳都弥漫在心里。

纵然千里之外，
心也没有拉开距离，
即使难以相见，
还拥有温馨的回忆。

人生因相遇而多彩，
情谊因真挚而美丽，
世间难得的相遇啊，
彼此都要好好珍惜。

2014年3月

春来了

春来了，
和风吹拂大地，
细雨滋润万物，
我的心中，
有一片绿意。

春来了，
杨柳舞绿了腰，
桃花笑红了脸，
大好春光，
是多么旖旎。

春来了，
燕子飞翔自由，
河水流淌欢畅，
人的生命，
也应当如此。

春来了，
播下一份希冀，
放飞一个梦想，
人生短暂，
应倍加珍惜。

2014年3月

春暖花开

春光明媚，
正是花季，
姹紫嫣红，
娇艳多姿，
丽日下笑靥迎人，
春风里芳香四溢，
这是花的天地，
充满着诗情画意。
等到飘落的时候，
花儿不会感到后悔，
因为生命曾经灿烂过，
献给了世界一份美丽。

2014年4月

花

花，
人们喜欢你，
在于你的姿容，
你的芬芳，
你的风韵。

花，
你是美的化身，
靓丽的风景。
你丰富的花语，
蕴含着无限情意，
仿佛百鸟在鸣，
那么悦耳动听。

花，
在喧扰的尘世，
看到了你的倩影，
我就有了
美丽的心情，
平淡的日子，
添了一份诗意，

渴望的生命，

多了一份温馨。

2014年4月

因　为

因为有春，
山花开得烂漫。
因为有梦，
生命充满期盼。

因为有爱，
幸福围绕身边。
因为有你，
牵手走到今天。

2014年5月

黄 昏

黄昏，
西边燃烧着晚霞，
如血似火，
是一幅壮丽的画。
夕阳，
在依恋中，
缓缓地落下，
恬静，
迷人，
一种温馨的美，
在苍茫的暮色里，
慢慢地融化……

2014年6月

惜　缘

红尘有幸相遇，
走进我的生命，
从此一份惦念，
欢乐充满心灵。

灵魂不能孤寂，
人间需要友情。
珍惜这份缘分，
温暖我的一生。

2014年8月

致朋友

朋友，
今生我们有缘相聚，
要把这份情感珍惜。
因为我不知道，
下辈子能否再见到你。

朋友，
美好的曾经不会重来，
难忘的是真挚的情谊。
虽然我们相隔千里，
人不相聚心却相系。

朋友，
在我怀念的屏幕上，
常常有你的身影浮起。
像红花在绿草中盛开，
像白云在蓝天上飘逸。

朋友，
岁月染白了鬓发，
我并不为沧桑而叹息。
当繁华落尽的时候，

你依然绽放在我心里。

朋友，
也许我们还会相逢，
也许一别就是永远。
不论漂泊到哪里，
你都是我美好的回忆。

2014年9月

冬之歌

每个季节都有美丽，
冬天带来一份深沉。
它是一幅纯朴的黑白素描，
简单的线条中蕴含着丰盛。
叶子落尽树枝已经消瘦，
顽强的生命却不会凋零。
万物都在养精蓄锐，
默默孕育着来春的美景。
我渴望雪花早日来临，
满天飞舞着浪漫和柔情，
没有雪的冬天枯燥无味，
正如没有爱的心只有冷清。

2014年11月

冬之恋

冬的天色显得沉重，
我的身心却觉得轻松。
每个季节都有特色，
冬的简朴也让人感动。
洁白的雪花浪漫飞舞，
抵得上春天的万紫千红。
高雅的梅花粲然一笑，
谁比它冰雪中那样从容。
北风吹起回忆，
冻不住的思念活跃在心中。
万物都在冬眠，
我是否会做一个甜美的梦。

2014年12月

人生的美酒

友谊，
是人生的美酒，
世上最珍贵。
喝吧，
香浓无比，
千杯都不醉。
喝吧，
愈是年深日久，
愈是醇美。
喝吧，
温暖心扉，
寒冬如春，
何惧风雪漫天飞。
喝吧，
岁岁举杯，
驱走忧愁，
一生快乐永相随。

2014年12月

人生路

人生路，
一踏上，
就回不了头。

是平坦，
是崎岖，
都要向前走。

穿风雨，
踏山水，
终生要奋斗。

看风景，
品人情，
一路少停留。

有鲜花，
有泪水，
甘苦皆尝够。

再回首，
心淡然，
一笑繁华后。

2015年1月

淡 然

不惊宠辱，
不计得失，
精神世界何最美，
我爱是淡然。

望一片蓝天，
淡淡的白云，
洒脱自在，
漫游多悠闲。

看一幅国画，
淡淡的水墨，
意境幽远，
宁静驻心间。

饮一杯香茗，
淡淡的茶水，
清新溢芳，
品味出甘甜。

听一曲老歌，
淡淡的回忆，

美好时光，
情景永怀念。

岁月流逝，
洗尽铅华，
老来识得人生味，
淡然伴身边。

2015年1月

风采犹在

春暖花开，
喜迎三八，
东风送来温情，
朝阳披上彩霞。
红颜虽已变，
风采却犹在，
经历了风吹雨打，
依然笑靥如花。
举止优美，
谈吐不俗，
腹有诗书气自华，
处处把芳香散发。
淡然回眸，
人生难得是潇洒，
纵然老去，
也是一生优雅。

2015年3月

春忆江南

一别江南，
几多年，
常思量。
又是春暖花开，
大地一派新装。
紫燕自在飞，
黄莺尽情唱。
习习和风，
绿柳依依飘曳；
暖暖丽日，
红桃悄悄吐香。
绮丽画船上，
听到婉转琵琶声音；
悠长雨巷里，
遇见淡雅丁香姑娘。
春光融融思亲友，
情意绵绵总难忘，
待与诸君重逢，
欢聚一堂，
共醉江南水乡。

2015年3月

春夜听雨

夜色朦胧，
细雨绵绵，
湿润了杏花，
又浓了几分春意。
淅淅沥沥，
大自然在浅吟低唱，
宛如读一阕婉约词，
含蓄，雅致；
恰似听一首小夜曲，
温柔，缠绵。
拨动了心弦，
撩起了情思，
缕缕雨丝，
悠悠往事，
都纷纷扬扬，
飘落在幽梦里。

2015年4月

情思绵绵清明节

清明节，
草如茵，
绿柳穿紫燕，
蓝天飘白云。
春意浓，
宜宽心，
桃花正红，
结伴笑语去踏青。

清明节，
思纷纷，
眼中见新景，
心里念故人。
雨迷茫，
欲断魂，
年年牵挂，
总是难忘那份情。

2015年4月

风和日丽去踏青

山青青，
水盈盈，
白云悠悠似絮，
芳草萋萋如茵，
小鸟有情唱春歌，
桃花含笑迎游人。
着意挥洒，
春风彩笔绘美景，
自由驰骋，
广阔天地任我行。
随风去，
烦恼忧愁都散尽，
只留下，
一份惬意好心情。

2015年4月

春 意

春日好，
美胜梦。
十里风拂杨柳绿，
一园雨润杏花红，
笑看飞燕翩翩，
喜听流泉淙淙。
多少烦恼事，
都被春光融。
心似风筝，
自由放飞飘碧空；
情如芳草，
绿遍天涯春意浓。
纵然一朝花落去，
仍不失笑容，
暗香犹在，
春已驻在我心中。

2015年4月

致江南

春色无边，
最忆江南。
杏花春雨绽枝头，
小桥流水荡心田。
草长莺飞，
燕子呢喃，
灼灼桃花展笑颜，
淡淡丁香诉幽怨。
山明水秀，
是如此妩媚，
情深意切，
是这般缠绵。
有多少绮丽画面，
惹人常留念，
有多少美好风情，
都留在世间。
啊，多情的江南，
你让我梦萦魂牵，
啊，美丽的江南，
你让我永远怀念！

2015年4月

秋 思

金风传出远方的呼唤，
请你倾听秋天的缠绵。
丹桂的芳香散发着温馨，
增添了此时此刻的思念。
生命中注定的情谊，
会在相遇瞬间出现，
即使分离了天各一方，
也断不了缘分的丝线。
美丽的倩影缥缈在空中，
宁静的黄昏里依稀看得见，
那一片片叶子离枝飘落，
心中弥漫着对昨日的眷恋。

2014年9月

伤 秋

秋雨正淅沥，
落入琴声里，
化作一串串
思念的音符，
谱成伤感的旋律，
倾诉秋日的私语。
满怀牵挂，
一声叹息，
没有欢聚，
只有几许冷落，
不见知己，
伴随一份孤寂。

2014年9月

中秋情

金风送爽中秋到，
又逢佳节倍思亲。
清辉为我寄相思，
他乡明月也多情。

2015年9月

金婚感怀

光阴荏苒，岁月匆匆。今年是我和老伴张守兰结婚五十周年，特写小诗一首，以示纪念。

人间难得觅知音，
今生有幸，
红尘相遇，
缘来永结同心。
风雨牵手五十载，
共尝甘苦，
相敬如宾，
终生难忘曾经。
忆往昔岁月峥嵘，
意气风发正青春。
而今红颜老，
白发生，
心已如水静。
繁华落尽，
平平淡淡才是真。
回眸一笑，
夕阳红，
与君优雅度黄昏。

2015年9月

雪天情怀

下雪了，
千万朵梨花，
漫天悄悄地绽放。
枯寂的冬，
受到了柔情的慰藉，
孤独的人，
嗅到了春花的芬芳。
我的思绪纷纷，
一缕缕惦念，
就像一片片雪花，
在心空悠悠飞扬。
啊，朋友，
在下雪的日子，
你还记得我吗，
可知道我的欢乐，
我的惆怅？
如果
这冰冷的寒天，
埋葬了曾经，
埋葬了友情，

埋葬了美好的梦想，
那么
我会一声叹息，
默然地弹起琴来，
在缓缓的旋律中，
倾诉一份温柔，
一片深情，
还有浓浓的怀念，
淡淡的忧伤……

2016年1月

峄山情

当年峄山迎远客，
山花绽放溪水吟。
悠悠白云，
看遍野活动身影，
郁郁松林，
听到处读书声音，
青春挥彩笔，
豪情万丈绘美景。

并肩奋斗，
难忘师生情谊深。
四十年后重相逢，
谈笑话人生，
忆昔抚今，
追梦路上再前行。
春花秋月常思量，
岁月铭记峄山情。

2016年8月

给

在一个满座的教室，
初次与讲课的你相见，
一道靓丽的风景，
刹间闪耀在我的眼前。
从此我们相识相知，
只是因为前世有缘。
如今我们距离千里，
人不相聚心却相连。
是花与花，彼此欣赏在红尘，
是星与星，彼此照耀在青天。
心中有友情满溢，
如香茶，如醇酒，如清泉，
人生有知心相伴，
像红日，像明月，像琴弦。
此时，有多少话儿要倾诉，
都化成了一个词：惦念，
恰似镜湖的碧波，
轻轻地荡漾在我的心田。

2016年10月

知　己

前世早已相识，
今生又成知己，
是生命的寻觅，
是灵魂的默契。

欣赏彼此的风景，
分享双方的悲喜，
精神上有了寄托，
尘世间不再孤寂。

浓浓的惦念中，
有苦涩更有甜蜜，
淡淡的生活里，
有怅然更有惬意。

知己已是难得，
拥有更须珍惜，
让一份真挚情谊，
永远沉淀在心底。

2016年12月

怎能忘记

想起你，
心不再平静，
泛起了层层涟漪。
想起你，
有点惆怅，
发出一声叹息。
想起你，
有种甜蜜，
享受一份欣喜。

茫茫人海中，
难得相识须珍惜。
人间需要友情，
灵魂需要知己。
有温暖送来，
心里就没有寒意，
有情谊相伴，
一生就不会孤寂。
啊，朋友，
怎能忘记你！

2016年12月

书

书是钥匙，
开启心灵智慧门窗。
书是阶梯，
引导登上知识殿堂。

书是哺育成长乳汁，
书是医治愚昧良方。
读书让感情绽放花蕾，
读书让思想插上翅膀。

书里有青山绿水，
书里有鸟语花香。
读书使心田降临甘露，
读书使路上普照阳光。

书是好友，
与我结识情深谊长；
书是良伴，
与我一起奔向远方。

2016年12月

与快乐相伴

人生中，
有喜也有悲，
有得也有失。
有阳春的温暖，
也有严冬的寒气。
有花开的欢欣，
也有落英的叹息。
蓦然回首，
一切都是烟云，
随风消逝，
又何必在意。
繁华三千，
淡然一笑，
与快乐相伴，
才是人生的真谛。

2017年1月

起　舞

宁静的夜晚，
人们已走进了梦里，
你还在灯下工作，
兢兢业业，踏踏实实。
我想起尼采的名言：
每一个不曾起舞的日子，
都是对生命的辜负。
你每天都在翩翩起舞，
辛苦而芬芳，
操劳而美丽，
在生命旅途上，
留下了
一个个有意义的标记。
啊，朋友，
当你舞得累了的时候，
不妨停一下休憩。
此时，
向你致敬的我，
正在默然地惦记你。

2017年2月

冬　意

冬意已浓时，
有一份
挥之不去的惦记，
像漫天的雪花，
悄然飘洒在心里，
随缘去吧，
这是天意。
人生已是冬季，
何必还劳累自己，
辛苦莫忘笑容，
生活需要甜蜜。
朋友啊，
冰天雪地，
让浓浓的情谊，
带来暖暖的春意。

2017年2月

一年又一年

一年又一年，
流走了时光，
苍老了容颜，
四季在轮回，
沧海变桑田。

一年又一年，
走过岁月河，
有深也有浅，
品味人生茶，
有苦也有甜。

一年又一年，
万物皆看淡，
往事如云烟，
当下要活好，
快乐每一天。

一年又一年，
且行且珍惜，
一切都随缘，
但愿人长久，
与时共向前。

2017年2月

风　景

春天，
放飞激情，
投入大自然的怀抱。
怀着梦想，
带着微笑，
与那
蔚蓝的天空，
浩瀚的大海，
巍峨的高山，
碧绿的草原，
都融化在春天里，
自己也成为，
一道靓丽的风景。
其实，
每个人
都是大自然的孩子，
独特而平凡，
伟大而渺小。

2017年3月

春　雨

春雨，
是一首乐曲，
优美，动情。

春雨，
是一幅图画，
朦胧，迷人。

春雨，
是一种心情，
欣喜，清新。

春雨，
是一份思念，
缠绵，温馨。

2017年3月

春之曲

春意正浓，
四月芳菲。
灼灼桃花嫣红，
依依柳条青翠。
温柔，风习习，
缠绵，雨霏霏。
深情的春光，
带来了喜悦和欣慰。
此时，
坐在岸边草地上，
看蓝天白云，
倒映于一湖春水，
阳光明媚，
小鸟在歌唱，
让我悠然沉醉。
啊，美丽的春天，
有你相陪，
人就不会憔悴。
待夏天来临时，
你就住在我心中，
化为一朵绯红的玫瑰。

2017年4月

四月天

四月天，
春的骄傲，
花的天堂。
只见万紫千红，
流光溢彩，
到处散发缕缕芬芳，
醉了天空，
醉了大地，
醉了一切，
梦里也弥漫着花香。

四月天，
莺歌燕舞，
情思飞扬。
心中的浅喜深爱，
都在春风的轻拂下，
悠然荡漾，
忘了岁月沧桑，
忘了尘世烦恼，
忘了听雨中，
那份淡淡的惆怅。

2017年4月

给友人

见与不见，
你一直在我心里。
不论何时何地，
晴天雨季，
你的身影，
你的笑容，
我都会永远铭记。

对与不对，
认识你从不后悔。
尽管岁月老去，
四季轮回，
你的风采，
你的情谊，
我都会一生回味。

2017年4月

再见，最美四月天

最美四月天，
你在春意正浓时候，
悄然滑过我的指尖，
别了，美的形象，
散了，花的盛宴。

最美四月天，
你已随着时光流走，
留下许多让人怀念，
那柔情和浪漫，
那倩影和容颜。

最美四月天，
人生有无数次告别，
告别今日才有明天，
虽说多情伤离别，
也不必泪流满面。

最美四月天，
你如诗似画又像梦，
已铭记在我的心间，
等到下次轮回时，
我们拥抱中相见。

2017年5月

蔷　薇

蔷薇，
一个好听的名字。
爱的思念，
多么动人的花语。
你微笑着绽放，
在春风中摇曳，
一朵朵簇在梢头，
花色各异，
四溢的清香，
百态的风姿，
让人满怀喜悦，
心旷神怡。

蔷薇，
你的灿烂，
给人间增添了色彩，
给生活带来了诗意。
你有一天会凋零，
但心中的爱不会消逝，
你对美好未来的憧憬，
也永远不会放弃。

你的灵魂，
因美而高贵，
你的生命，
因爱而绚丽。

2017年5月

花开花落

佛说，
笑看花开是一种好心情，
静赏花落是一种好境界。
有人，
花绽放时感到一份欣喜，
花凋谢时发出一声叹息。
其实，
花开花落是自然的更换，
如何看待，
与人的情绪有关系。
只要你有
一颗爱美的平常心，
就会发现：
花开成景，
花落成诗，
花开花落都美丽。

人生如花，
朝来暮去终有时，
不管走到哪个阶段，
都要淡然处之。

世间有多少荣枯盛衰，
与其伤感介意，
不如闲看花开花落，
从从容容，
潇潇洒洒，
快快乐乐过日子。
但愿，
每个人的心里，
都开着一朵不谢的花，
清香素雅，
不论在何时何地，
不论是晴天雨季。

2017年5月

赠

四十年前相识，
在金秋的峄山农场，
从此在我的记忆中，
留存了你美好的形象。

多少年后又能相遇，
京城的蔷薇正值绽放。
时光飞逝，风采依然，
青春年代终生难忘。

我欣赏你的才气，
更钦佩你的坚强。
每个日子都在起舞，
终于让生命放出光芒。

如今我已近黄昏，
你还是当空的太阳。
在这个灿烂的日子，
送去一缕友情的芬芳。

峥嵘的岁月已经过去，
人生总是希望辉煌。

你站在新的起跑线上，
且行且歌，奔向远方。

2017年5月14日

镜　湖

镜湖，
江城的明珠。
一别多年常惦念，
往日情景又来到眼前。
还记得，
你明媚秀丽，
水清可鉴，
万条绿柳垂柔丝，
随风摇曳映水中，
好一幅水墨画卷。
还记得，
在你的岸边，
款款散步月下，
翩翩起舞花前。
在你的波中，
开心戏水夏日，
惬意划船春天。
还记得，
在迎宾阁上课，
在烟雨墩阅览，

在观岚亭留影，
在柳春园流连。
多少往事啊，
都让人留恋。
镜湖，
你是一道亮丽的风景，
在我的生命里呈现。
难忘你，
独特的江南风韵，
温馨的都市情调，
清澈的明眸，
灵秀的容颜，
不论我走到哪里，
你的碧波，
都会轻轻，
轻轻地
荡漾在我的心田。

我在芜湖的安徽师范大学读书、工作了四十多年。学校环境优美，背依的赭山和面临的镜湖，是我最喜欢的胜地。

镜湖，是芜湖市著名的风景区，位于市区中心，与繁华的中山路步行街和鸠兹广场毗连。镜湖，原名“陶塘”，水面二百余亩，由南宋著名诗人张孝祥“捐田百亩，汇而成湖”，因其水清可鉴，形似圆镜，故名“镜湖”。迎宾阁，烟雨墩，观岚亭和柳春园都是镜湖公园的一些景点。芜湖市老年大学的学员们曾在迎宾阁学习，我给他们上写作课。烟雨墩，又名“安徽第一名人收藏馆”，内有大量珍贵的文献资料。

写小诗《镜湖》，以表达怀念之情。

2017年6月

赭　山

赭山，
江城的象征，
我一直怀念你。

我喜欢，
登上你的峰顶，
虽然不是很高，
却能俯视大地。
近览，
树林葱郁，
古塔矗立，
道路纵横，
楼房栉比。
远眺，
大江东去，
长桥飞虹，
苍天广阔，
流云飘逸，
江城的美景，
都尽收眼底。

我喜欢，
在你的麓下休憩，
独具特色的翠明园，
是一处优美的景区。
遍植梅兰菊竹，
四季花草，
香樟丛林，
葱翠欲滴，
远观山岫叠翠，
近听泉水鸣弦，
山光水色，
富于诗情画意，
真是游憩的胜地。
人的一生啊，
须要登攀高峰，
也要享受安逸，
也许
这是生命的意义。

赭山，
巍然屹立，
我永远铭记你。

赭山，也是芜湖著名的风景区，位于市中心西北角，因山石呈赭色而得名。古人称赭山是江城的“雄山”，享有“玉峰”“百尺浮屠”之誉，被视为芜湖的象征。历代诸多文人名士都登临赭山，留下大量诗文。1958年被开辟为公园，现为国家旅游景区。

赭山有古塔，建于北宋，为砖石结构，五层六角，每层外墙均嵌有砖雕佛像，系安徽省重点文物保护单位。“赭塔晴岚”是“芜湖十景”之首，久负盛名。读书时，我曾到赭山写生，画了一幅水彩画《赭塔倩影》，得到艺术系老师的赞许，作为示范作品，在学校的美术小组内讲解。

翠明园是赭山公园的一个景点，是八十年代建成的具有江南特色的古典园林，我曾为它撰写过说明词，印在门票的背后。

2017年6月

问　候

每天早上，
一句问候“你好”，
化成了，
一缕思念的阳光，
照进你的心房。
带着情谊，
含着温暖，
把欢笑送到你身旁。
朋友，
你若是晴日，
我便没有阴雨，
生命就在蓝天，
快乐地飞翔。

2017年6月

朋　友

朋友，
今生我们有缘相识，
茫茫人海中结下情谊。
春花秋月轮回了几十次，
我都一直把你铭记。

朋友，
你充满活力的身影，
常常在我的脑海里浮起，
欢声笑语的情景，
已经成为美好的回忆。

朋友，
高山流水难觅知音，
真挚的友情一定要珍惜，
不要因时间而褪色，
不要因距离而放弃。

朋友，
不在意离别的伤感，
只期待重逢的欣喜。
即使人生无奈后会无期，
怀念也是一种美丽。

2017年6月

给好友

多年以前，
有缘能相识。
而今异地，
没有忘记你。

灿烂笑容，
还那样清晰，
美好身影，
早留在心里。

欢聚时光，
只能够回忆。
真挚友情，
会倍加珍惜。

相隔千里，
我时常惦记。
岁月流逝，
你永远美丽。

2017年6月

当你发如雪的时候

当你发如雪的时候，
不怨岁月无情风霜，
坦然一笑地顺其自然，
生命终究要由绿变黄。

当你发如雪的时候，
不为临近黄昏感伤，
今天喜看晚霞的绚丽，
明朝欣赏日出的辉煌。

当你发如雪的时候，
不要过于留恋以往，
老树也要绽放出新花，
人间散发淡淡的芳香。

当你发如雪的时候，
不使烦恼围绕身旁。
人生的幸福在于快乐，
要让心中充满了阳光。

2017年6月

初　夏

月季笑在阳光下，
夏花快乐地灿烂绽放。
我的心也被热情感染，
忘却了世界上还有薄凉。

静静地坐在绿荫里，
思绪悄悄地纷扬。
一串串轻飘的音符，
化为我谱写柔情的乐章。

望蓝天上白云游动，
想起风景美丽的远方。
一阵阵清风送来凉爽，
为日子添了诗意的芬芳。

当夜阑人静的时候，
一份思念在微微荡漾，
随着如水的月光，
轻轻地流进了我的梦乡。

2017年6月

心静如莲

一池碧波中，
莲花嫣然绽放。
亭亭玉立，
纤尘不染，
静美脱俗的风姿，
纯净淡然的品格。
让人心旷神怡，
无限回味，遐想。

在喧嚣的红尘，
要心静如莲。
多份平和与安宁，
少份浮躁和纷争。
每个人的心中，
有了一朵莲花，
天空就会一片晴朗，
前行就会一路芬芳。

2017年7月

今夜的荷塘

今夜的荷塘，
一片朦胧，
能闻到芳香，
却看不清，
荷花秀丽的面庞，
鱼儿，
也不知藏在何方。
轻风徐徐，
送来清凉，
一缕淡淡的情思，
在心中微微荡漾。
也许，
在迷离的梦境，
会依稀看到，
那神秘的伊人，
宛在水中央。

2017年7月

炎　夏

骄阳似火，
激情澎湃，
心潮逐着热浪高。
夏天，
是一个欢快的季节，
万物如此繁茂，
看，深碧池中荷花笑，
听，浓绿枝头蝉儿叫，
到处是生机蓬勃，
大地一番夏意闹。
虽然不再是青春年少，
但是，
梦还在，情依然，
生命之花尚未凋，
不能像朝阳那样灿烂，
也要学晚霞，
在西天尽情燃烧。

2017年7月

咏　蝉

你在地下蛰伏了多年，
一旦羽化成虫，
就趁着热浪而来，
栖息于浓密的树林。
在酷暑沉闷的时候，
你引吭高歌，
一声声唱个不停，
如同奔放嘹亮的男高音，
抒发出心中的万丈豪情。

你餐风饮露，
被视为高洁的象征。
你生命短暂，
却如此乐观可敬。
不甘寂寞奋力拼搏，
用小而灵性的身躯，
奏出炎热季节的主旋律。
激情燃烧的蝉啊，
你是夏日一道美丽的风景。

2017年8月

秋夜听雨

秋雨，
淅淅沥沥，
夜阑人静，
此时有声胜无声。
尘世的烦躁，
莫名的伤感，
都被清凉的雨水，
释怀，洗净。
未眠的人，
还在聆听，
听的是天籁之音，
听的是云水禅心。

雨本无心，
是人融进了柔情。
雨中开出了思念花，
缠绵，清新，
每一片花瓣上，
都滚动着一份真诚。
啊，朋友，
浓情厚谊总难忘，

每逢夜雨倍思君。
多情的雨，
送来了安宁和温馨，
灵魂，不再孤零。

2017年8月

初秋情思

秋风飒飒，
吹走了炎夏的闷热，
吹来了秋日的凉爽。
收获的季节来了，
又能欣赏枫叶染红，
沉醉桂花飘香。
只是秋在心上，
总有一份淡淡的感伤。
此时，
树叶还没有凋落，
我静坐在绿荫里遐想。
放下一切杂念吧，
不言不语，
走进空灵的禅境，
忘却尘世的烦扰，
忘却岁月的沧桑，
让秋水般明净的灵魂，
飘上高远的蓝天，
与白云一起悠然游荡。

2017年8月

秋　兴

秋又来，
恰似故人归。
已无百花艳丽，
自有一份静美。
菊花正飘香，
枫叶欲红让人醉，
秋高气爽，
风光多明媚。
最美景致，
需要相陪，
看晴空万里，
白鹤展翅伴云飞。

人生如秋，
且品尝清欢况味。
阅尽繁华，
心娴静如水。
任流年沧桑，
落花成堆，
生命之花，
也不会轻易枯萎。

听风习习，
观雨霏霏，
情谊总难忘，
一缕秋思飘与谁？

2017年8月

四季心语

你是荒原一片，
怎能让人赏心。
你是青山绿水，
自然成为风景。

这些心语是从 2015 年夏天开始写的，发在微信上，给朋友们阅读。这里包括《夏日短语》《秋日私语》《冬日微语》《春日细雨》。这些文字都是片言只语，零碎感受，四行一首，都有个小标题。它们在形式上类似古典诗歌里的《绝句》，但字数不一，不受格律的限制。有些像诗，有些像顺口溜。

夏日短语（一）

荷花

纤纤出水不染尘，
亭亭玉立醉人心。
清丽脱俗千般美，
不忘淤泥一片情。

昙花

你的一现，
只是短暂的时辰。
你的魅力，
却让人回忆一生。

梦里

蓝天白云草原上，
谁着红衣在歌唱。
醒来不见伊人影，
温柔月光洒心房。

不回

有些东西走了还来，

日落明天又要升起。
有些东西去了不回，
青春飞逝一声叹息。

未忘

也许你已忘了我，
我却还在怀念你。
少年情谊花不败，
白首犹开在心里。

2015年6月

夏日短语（二）

欠缺

人生不会完美，
总是有些欠缺。
夜有风雨也好，
何必都是明月。

懂得

花谢的时候，
才懂得青春。
人老的时候，
才懂得年轻。

心地

不为名利绊，
不为得失烦。
心地能淡泊，
人生就简单。

花园

途径你的盛开，

心花随着绽放。
和你一起灿烂，
平淡日子闪光。

阳光

阳光在树梢上舞蹈，
跳出迷人的风采。
阳光在你心中照耀，
闪出生命的光彩。

2015年6月

夏日短语（三）

生命

红花般绚丽，
绿草般蓬勃。
行云般自在，
流水般洒脱。

山水

人，在世俗里，
烦扰，无奈。
心，在山水间，
悠然，自在。

不必

人生偶有失意，
不必愁在心间。
昨夜风雨大作，
今晨彩霞满天。

梦在

风吹雨打去，

青春不回来。
只要梦还在，
好花自会开。

怀念

有缘才能相遇，
有情就要珍惜。
即使难以相见，
怀念也是美丽。

2015年6月

夏日短语（四）

演出

人生舞台上，
每人都演出。
但愿能精彩，
掌声中谢幕。

这样

经历世间悲喜，
体味生活苦甜。
人生风景就是这样：
一半海水一半火焰。

命运

道路有起伏，
会看到更多风景。
命运有曲折，
能拥有丰富人生。

你是

你是荒原一片，

怎能让人赏心。
你是青山绿水，
自然成为风景。

装饰

你美丽自己，
也芬芳别人。
装饰彼此日子，
人间一片温馨。

2015年6月

夏日短语（五）

怒放

当花期到来时候，
让生命尽情怒放。
即使是瞬间华彩，
也圆了一生梦想。

何必

开开心心生活，
莫让烦恼成堆。
人只能活一次，
何必活得很累。

前面

当你失意时候，
不必那么灰心。
只要走出阴霾，
前面就是光明。

如水

心境平如水，

无欲则安静。
任你红尘滚滚，
我自波澜不惊。

且享

琴一曲，茶一杯，
悠然自得敞心扉。
繁花尽，晚霞飞，
且享人生黄昏美。

2015年7月

夏日短语（六）

争取

不要活得平庸，
我们应当争取：
花有色、香、味，
人有才、情、趣。

独特

赞叹壮阔的大海，
欣赏清澈的小溪。
只要有独特魅力，
人们都会说欢喜。

不变

落叶纷纷繁花凋零，
又是一番异样风景。
不变的是四季轮回，
还有追求美的心情。

晴朗

要把烦恼驱散，

快乐留在身边。
心空若是晴朗，
何惧阴雨绵绵。

健康

要保重身体，
珍惜好生命。
没有了健康，
一切都是零。

2015年7月

夏日短语（七）

都要

人应当有激情：
彩霞般灿烂，骏马般奔腾。
也离不开柔情：
月光般温馨，湖水般宁静。

幸福

雨天漫步，
晴天跳舞，
浪漫还是平淡，
惬意就是幸福。

潇洒

人生本无奈，
何必再添苦。
不如潇洒走一回，
笑满红尘路。

因为

为什么活得自在，

生命充满温馨?
只因为生活简单，
有一颗知足的心。

快意

白天，绿荫里读书，
夜晚，人静时听雨。
打发闷热的夏日，
这也是一种快意。

2015年7月

夏日短语（八）

惜取

人生短暂风雨多，
劝君惜取红颜时。
莫待花随流水去，
白发黄昏空叹息。

也有

皎洁的月亮，
有团圆也有欠缺；
美好的人生，
有艳阳也有风雪。

思念

思念别人是一种牵挂，
被人思念是一种幸福。
人生没有温馨的思念，
走的就是孤寂的小路。

勿忘

“勿忘我”有动人的花语：

浓情厚谊，永远的回忆。
朋友，多年以后，
我可还在你的心里？

须要

好花不常开，
好景不常在。
拥有要珍惜，
生命须善待。

2015年7月

夏日短语（九）

青春

青春封面早已陈旧，
还常翻阅它的章节。
人生最美好的时光，
一辈子都无法忘却。

遗憾

人生是一本有遗憾的书，
无法修改不妥当的地方。
可以不断增添新的内容，
却不能删削原有的篇章。

小舟

人生是一叶小舟，
奋力游向远方。
承载毕竟有限，
别装下太多欲望。

装潢

梦比现实更为漂亮，

因为梦经过了化装。
我喜欢素颜的本色，
也欣赏美丽的装潢。

新蕾

一番风雨过后，
花儿已经凋零。
新蕾正在孕育，
明日别样风景。

2015年7月

夏日短语（十）

烟花

夜空绽放烟花，
只有瞬间绚丽，
却把美的形象，
定格人的心里。

文字

灵魂的独白，
情感的释放。
若懂得你的含义，
便嗅出你的芳香。

充实

梦可以缤纷苍白的流年，
却美丽不了荒芜的心田。
如果你不去充实自己，
梦再美也是茫然一片。

只有

在路上能看到景色，

蹲家里见不着风光。
只有走出来的美丽，
没有等出来的辉煌。

并不

小小萤火虫虽卑微，
不能够与皓月争辉，
却闪出自己的光芒，
一生活着并不自卑。

2015年8月

夏日短语（十一）

坦荡

人生要坦荡，
任它晴雨天。
红尘三千事，
淡然一笑间。

一半

不要什么都看得透，
不要什么都说得清。
人的一生需要这样：
一半糊涂一半清醒。

不会

红花谢了绿犹在，
大地不会荒凉。
青春走了心未老，
生命不会枯黄。

听雨

是谁在敲窗，

夜阑雨声喧。
窗外月季花，
伴我不入眠。

读书

花容，很吸引人，
书香，更能动情。
观花愉悦了身心，
读书净化了灵魂。

2015年8月

夏日短语（十二）

迎来

咀嚼生活的酸甜苦辣，
搏击命运的风霜雨雪，
一路穿过鲜花和荆棘，
迎来今日的清风明月。

今天

昨天是逝去的风，
明天是流动的云，
今天是脚下的路，
且行且歌向前进。

也不

既然是一朵花，
花期就要绽放，
纵然凄风苦雨，
也不错过时光。

有了

有了亲切的关爱，

心中就有一道彩虹。
有了明媚的阳光，
生活便是满目葱茏。

云彩

听到一声鸟的啼叫，
看见一朵花的盛开，
今日心空如此晴朗，
多了一片快乐云彩。

2015年8月

秋日私语（一）

收获

送走夏热的烦恼，
迎来秋凉的欢乐，
已经耕耘了半生，
今天要收获硕果。

秋月

清辉洒遍大地，
皎洁净化心灵。
不管是圆是缺，
都是一片温情。

抛开

像云那样洒脱，
心也悠然自在。
抛开世间烦扰，
快乐就会飘来。

如歌

人生就是一首歌，

或是高昂或低沉，
有了友情的音符，
旋律会更加动听。

微笑

世上最美丽的表情，
人间最动听的语言。
春风满面笑靥如花，
不正是幸福的展现？

2015年9月

秋日私语（二）

航行

在人生大海中航行，
也许会遇到惊涛骇浪，
只要不迷失了方向，
就能到达理想的地方。

平淡

任世间繁华如锦，
心应当清雅静安。
生活不需太多绚烂，
人生终要归于平淡。

无情

少壮能几时，
风霜染双鬓。
不是多愁人易老，
只因岁月太无情。

落花

当你飘落的时候，

不必为凋谢悲伤。
多少人都没有灿烂过，
你的生命却曾经辉煌。

遥望

伫立高楼遐想，
黄叶悄然飘零。
思绪飞向何处，
遥望南方风景。

2015年9月

秋日私语（三）

道路

命运不由个人安排，
道路却靠自己去走。
一旦选择好了方向，
再远也要走到尽头。

谢幕

当演完剧情时候，
就在掌声中谢幕，
不要还站在台上，
多情地继续演出。

我愿

我愿是奔腾的小溪，
每天都快乐地歌唱。
我愿是飘逸的云彩，
到处都自由地飞扬。

拥有

拥有友情，

就有了一份温馨。
拥有健康，
就有了一份安宁。

善待

善待每个朋友，
情谊方见深厚。
珍惜每个缘分，
时间才能长久。

2015年9月

秋日私语（四）

中年

与青春说声再见，
走上新的起跑线，
展示你的风采吧，
莫辜负金色秋天。

淡然

无论是悲还是喜，
最后都成为回忆，
花开花落任它去，
淡然一笑最美丽。

风景

有许多美丽风景，
一生能看到几次？
最美的只看一次，
一次就是一辈子。

不枉

不管季节是如何变换，

都有自己绽放的时辰，
只要认真地开过一次，
无论长短都不枉此生。

归宿

感情有了慰藉，
日子就不会寂寞。
心灵有了归宿，
生命就不会漂泊。

2015年9月

秋日私语（五）

最美

繁华后的从容，
沧桑后的智慧。
谁识人生味，
淡然是最美。

得失

得意时低头，
那是一份冷静；
失意时抬头，
那是一份信心。

坚强

当你十分悲伤时，
可以让泪水成行。
当泪水流尽时，
留下的是坚强。

友谊

人生醇香酒，

世上最珍贵。
滴滴暖人心，
千杯皆不醉。

秋思

秋天来临时候，
思念随着绽放。
宛若菊花多彩，
犹如丹桂飘香。

2015年9月

秋日私语（六）

清欢

远离尘世喧嚣，
洗去粉饰浮华，
人间有味是清欢，
灵魂一生须净化。

静好

一片湛蓝的天空，
一方清雅的净土，
心灵共岁月静好，
就是人生的幸福。

完美

完美离我们是那么遥远，
永远也走不到它的身边。
能够在追求中享受快乐，
人的一生也就无悔无怨。

聚散

人生如浮萍，

聚散亦寻常。
聚时举杯须尽欢，
散时回首莫忧伤。

珍重

有缘能相识，
与君情谊浓。
无缘常聚首，
只望多珍重。

2015年9月

秋日私语（七）

搏斗

人生路上不回头，
只有向前走。
不管风雨有多大，
都要去搏斗。

自然

云在天上行，
水在地上流。
人生如行云流水，
一切都自然长久。

不是

钟表，能回到原点，
时间已不是昨天。
风景，可故地重游，
心情已不是从前。

真情

没有真情，

说了珍惜心也会离开。
有了诚心，
不说珍惜情也会存在。

高尚

赠人玫瑰之手，
经久犹有余香。
你把美好奉献给了别人，
自己人格也在走向高尚。

2015年9月

秋日私语（八）

秋天

爱听梦幻般的秋日私语，
喜见金黄般的丰收景象。
云淡风轻中悠然享清爽，
书香茶韵中潇洒度时光。

观花

秋风温柔轻拂，
露出浅浅笑容，
仿佛遇到故人，
清香溢满心中。

有梦

心中有梦，
生命就不会沉沦。
脚下有路，
梦想就有望成真。

太多

酒喝得太多，

人就会醉。
事想得太多，
心就会累。

秋叶

阳光下尽情燃烧，
灿烂的红叶闪闪发光。
秋风中悠然飘落，
归根的生命轻轻吟唱。

2015年9月

秋日私语（九）

两笔

人字只有简单两笔，
一撇写生一捺写终。
出生后要艰苦和快乐，
临终前应无憾和从容。

原则

何必与别人攀比，
活出自我是原则。
即使一生不精彩，
也不失自己本色。

明天

回眸昨日时光，
总有一份眷恋。
放下过去向前，
永远向往明天。

真诚

相识是缘，

相知是情。
人心需要是真诚，
觅得知己胜千金。

秋风

寒露成霜天冷清，
遥望远方思故人。
多情秋风知我意，
千里传递一片心。

2015年9月

秋日私语（十）

经历

走过知道深浅，
品过知道苦甜。
人生就是经历，
不断奔向明天。

才能

走得轻松，
才能走得长久。
活得简单，
才能活得自由。

半世

已过半世人生，
到了丰收金秋。
肩上负担仍沉重。
还要迈步向前走。

逍遥

人生往往不如意，

心想事成有多少？
还是开心走一回，
自由自在任逍遥。

伴侣

秋雨与伤感，
好像是一对伴侣，
每当听雨时，
总有惆怅的情绪。

2015年9月

秋日私语（十一）

过客

人生不过百，
少愁常欢笑。
来去匆匆皆过客，
何不快乐走一遭。

看开

红尘繁华三千，
看淡了都是云烟。
心中阴云密布，
看开了就是晴天。

彩虹

一道美丽的天桥，
多少人看望欣赏。
切莫当成攀登的梯子，
那不过是梦中的幻想。

玫瑰

有人害怕你的尖刺，

我却喜欢你的芳香。
当收到友人赠送时，
我的心花也在绽放。

菊花

百花零落后，
惟菊凌霜开。
不独色彩艳，
更有清香来。

2015年9月

秋日私语（十二）

音乐

世界上有了你，
人类就有了共同语言。
生命中有了你，
心田就有了一汪清泉。

感情

拥有时不懂得珍惜，
失去后才知道珍贵。
请你善待感情吧，
莫到结局是后悔。

葵花

用笑脸迎接黎明，
过好每一个日子。
像葵花那样朝阳，
一生都灿烂自己。

青松

昂首挺立在山顶，

经历了多少风霜。
笑看世界向未来，
人也要乐观坚强。

飞翔

活着是要完善自己，
不是为了让人欣赏。
做一只快乐的小鸟，
没人鼓掌也要飞翔。

2015年9月

秋日私语（十三）

平静

昨日阳光照，
今天风雨来。
人生本无常，
平静心对待。

清秋

又是清秋，
风习习，情思悠悠。
何时聚首，
菊花开，把酒叙旧。

即使

人的一生都在攀登，
即使登不上山顶。
人的一生都在追梦，
即使梦不能成真。

有度

花看半开时，

酒饮微醉处。
不必太完满，
人生应有度。

梧桐

庭中梧桐高，
霜降叶已黄。
西风吹落叶，
凤凰飞何方。

2015年9月

秋日私语（十四）

江河

你是奔流的江河，
日夜奔向前方。
不论是一泻千里，
还是九曲回肠。

悲喜

钢琴上有黑白键盘，
黑白合奏才有悦耳乐曲。
生活中有悲喜感情，
悲喜交加才是人生旋律。

尽量

世界很复杂，
生活尽量简单过。
人生不完美，
每天尽量快乐过。

温馨

孤寂时捎来一声问候，

烦闷时送来一瓣心香。
人生中有了这样的温馨，
旅途上就少了许多忧伤！

跨越

面对一道道障碍，
要有昂扬的斗志。
迈开大步跨过去，
再回首：不过如此。

2015年10月

秋日私语（十五）

情谊

你是有形的和风，
温馨着孤寂的心灵；
你是无形的细雨，
滋润着干涩的生命。

枫林

枫林醉红秋天，
吐露出一份情。
友谊芬芳岁月，
温暖了一颗心。

知足

渴求不要太多，
欲望没有止境。
人要懂得知足，
心里就会平静。

谁知

秋风拂去落寞意，

秋雨送来缠绵情。
思绪万千理不清，
谁能知人秋日心。

长留

莫道女人伤春，
不说男子悲秋。
人生只有三万天，
何不让快乐长留。

2015年10月

秋日私语（十六）

雨歌

秋雨如歌，
敲窗吟唱，
一曲欢快的旋律，
吟出丰收的乐章。

黄叶

西风萧萧，
黄叶飘飘。
爱它自在随心舞，
几分笑意到眉梢。

欢喜

花开成景，
花落成诗。
花开花落皆是美，
叫人怎能不欢喜？

童心

装进了善良，

充满着纯真。
保持一颗童心，
生命永远年轻。

新路

昨天故事虽精彩，
却没有办法重复。
要有更好的情节，
就得走一条新路。

2015年10月

秋日私语（十七）

红叶

是叶片还是花瓣，
色彩那么红艳。
是离开还是回归，
生命如此眷恋。

雨夜

秋雨纷纷飘扬，
在这凉爽晚上。
谁乘一叶轻舟，
在我心湖荡漾？

淡看

春来花开放，
秋至叶飘落。
淡看盛衰顺自然，
便是人间好生活。

不同

乐观的阳光照耀，

好运就会不断。
悲观的雾霾笼罩，
厄运就来陪伴。

未知

是阳光还是浓雾，
面前一条未知路。
只要平安且快乐，
就是行者的幸福。

2015年10月

秋日私语（十八）

弹琴

一曲温柔倾诉，
音符化作思念。
仿佛一股清泉，
心中流淌甘甜。

湖水

心是一片平静湖水，
偶尔泛起微微涟漪。
何处飞来一处云彩，
在碧波中轻轻飘逸。

学会

能饮蜂蜜，
也能尝苦茶。
要学会微笑，
也要学会把泪咽下。

寻找

不想在繁华里流连，

不想在喧闹中停留，
只想寻找一方宁静，
让心在独处中自由。

静美

红枫遍山尽染，
菊花四处飘香。
日子这般静美，
心中何来薄凉。

2015年11月

秋日私语（十九）

残荷

不见夏莲美，
只有残荷听雨声。
秋风中挺拔，
声声清韵入我心。

雨行

下雨了，
没打伞。
蒙蒙细雨有诗情，
花径独行也浪漫。

相遇

相遇是花开，
离别是花落。
花开时是欢颜，
花落后是怀念。

何时

大雁飞走了，

明年还要飞回。
人已离开了，
何时才能相会。

岁月

你给了我风霜，
也给了我成熟。
你让我的眼淡了光泽，
却让我的心变得丰富。

2015年11月

秋日私语（二十）

秋雨

飘落一个个音符，
谱出了爱的乐章。
洒满一缕缕思念，
弥漫着谁的心房？

秋叶

你已经由绿变黄，
人老了和你一样。
明年你还会再绿，
人的春天在何方。

简单

发白叶黄花谢，
一切皆是自然。
人生走到最后，
都要回归简单。

给你

春花给你芬芳，

我给你一份温馨。
秋月给你皎洁，
我给你一片冰心。

洒脱

莫计较得和失，
容得下苦和乐。
人生需要洒脱，
像大海般开阔。

2015年11月

冬日微语（一）

冬季

穿过黄叶遍地的小路，
走进悄然沉思的冬季。
还沉浸于对金秋的眷恋，
又要欣赏雪花的美丽。

爱是

爱是春风，温暖，
爱是夏花，热烈，
爱是秋月，柔和，
爱是冬雪，纯洁。

歇歇

人生的路有时很长，
累的时候就歇一歇。
欣赏一下途中的风景吧，
且行且歌会走得更好些。

不妨

路如果走不通，

就不妨拐过弯。
心如果想不开，
就不妨看蓝天。

舞醉

风中红叶飘舞，
舞醉了我的心。
没有离愁别绪，
只有画意诗情。

2015年11月

冬日微语（二）

难得

人生最难得：
高山流水觅知音。
朋友最需要：
志同道合交真心。

有雪

有雪的冬天，
人间多了浪漫和激情。
有爱的生命，
心中少了寂寞和寒冷。

活好

昨夜星辰已坠落，
只有记忆在闪烁。
再美终究是曾经，
活好当下莫错过。

同行

把烦恼驱走，

与快乐同行。
人生旅程多艰辛，
一路要有好心情。

淡定

顺达时不张狂，
失意时不消沉。
任它潮起潮落，
心中都要淡定。

2015年11月

冬日微语（三）

枫叶

枫叶红似霞，
风光多绚丽。
生命能如此，
飘落也欣喜。

收藏

酝酿着你的梦，
等到春风里实现。
收藏着你的爱，
等到春雨中吐艳。

站成

挥不去的感情，
放到心里保存。
在我的记忆中，
你站成了永恒。

未必

得到的未必会长久，

失去的未必不再有。
人生本来就是无常，
何必为得失而犯愁。

努力

走上人生之旅，
就要不断努力。
不管能否成功，
至少曾经美丽。

2015年11月

冬日微语（四）

飘落

树叶追逐深秋，
在寒风中飘落。
飘落并不是有意，
是秋天自然萧索。

梦见

一别经年常思念，
梦里寻你千百度。
蓦然回首见身影，
正在菊花盛开处。

骄傲

白雪天上尽情飘，
红梅冰中花枝俏。
壮丽景象如此美，
寒冷冬天多骄傲。

孕育

你没有沉沉冬眠，

尽管冬给了安宁。
你正在养精蓄锐，
孕育自己的新春。

活得

不贪无忧虑，
就活得心安理得。
追梦有理想，
就活得有声有色。

2015年11月

冬日微语（五）

冬阳

冬日阳光最珍贵，
一缕缕温暖心房。
仿佛是春意荡漾，
任思绪快乐飞扬。

就做

当不了皎洁月光，
就做闪烁的星星。
当不了耀眼名人，
就做平凡的百姓。

谁是

人生路上匆匆，
过客熙来攘往。
谁是美丽风景，
铭记你的心上？

等待

花开时在身边，

花落时在天涯。
等待春风再来，
又见美丽桃花。

蓄锐

冬天在冰雪中沉思，
孕育着明媚的春天。
人的生命也正蓄锐，
准备明年超越向前。

2015年12月

冬日微语（六）

因为

因为有梦，
生命充满期待。
因为有爱，
幸福与你同在。

变化

分别时春光明媚，
你红颜如花。
再见时冬色凝重，
你满头白发。

若好

相遇成为知己，
牵挂走进心间。
即使阴雨绵绵，
若好便是晴天。

在于

花朵不在大小，

在于灿烂绽开。
生命不在长短，
在于活得精彩。

朝阳

人生处处有忧愁，
何处是尽头？
心态放宽朝阳走，
满眼是锦绣！

2015年12月

冬日微语（七）

红梅

傲霜挺立寒风吹，
漫天雪里吐花蕊。
冰清玉洁真情在，
一枝红梅赠予谁？

绿洲

你曾来过我的世界，
并没有停留了长久。
如今在我的心湖中，
还有你的一片绿洲。

一面

只看到面前的繁华，
看不到背后的沧桑。
只看到脸上的笑容，
看不到心中的悲伤。

只是

我的心不是呼啸大海，

奔腾着浪花的激情。
我的心只是平静湖水，
映照着云霞的身影。

小草

我不是一棵大树，
给你一片绿荫。
我只是一株小草，
给你一点柔情。

2015年12月

冬雨微语（八）

烟云

有得也有失，
有悲也有喜。
一切皆烟云，
何必太在意。

宁静

走过岁月的沧桑，
经历人生的风雨。
心灵没有了烦躁，
宁静就是主题曲。

老歌

红尘偶尔相遇，
心中却是难忘。
犹如一首老歌，
常在耳边回响。

珍爱

当你拥有时，

请多加珍爱。
错过了机缘，
就只有无奈。

雨天

最美的不是下雨天，
我和你共打一把伞，
而是雨中那份温馨，
永远不会烟消云散。

2015年12月

冬日微语（九）

瀑布

你从峭壁断崖上泻下，
仿佛千条闪耀的银链。
听你生命欢畅的笑声，
我的心已飞到了九天。

人若

人若光明，
心就不会暗；
人若温情，
心就不会寒。

感受

看到海浪的奔腾，
心中涌进了爱的潮水。
仰望月光的皎洁，
心中洒满了念的清辉。

咏雪

洁白而轻盈，

浪漫而温馨。
你是冬的使者，
给我一份宁静。

一笑

告别时回眸一笑，
正当朝阳升起。
多年后记在心里，
成为温暖回忆。

2015年12月

冬日微语（十）

寒梅

万花凋谢寒梅在，
一片真情为君开。
冰心玉骨惹人怜，
淡淡清香扑面来。

那是

人会疏远，
那是因为不在意。
情会淡薄，
那是因为不珍惜。

只取

日耀万丈，
只取一缕心中有阳光。
花开千枝，
只取一朵满襟皆芳香。

双宝

没有病魔缠身，

没有烦恼围绕。
身体心情都好，
这是人生双宝。

如雪

你那么纯洁，
无瑕而温馨。
又那么宁静，
无声而深情。

2015年12月

冬日微语（十一）

不再

在人生舞台上，
已演过了高潮。
不再跌宕起伏，
平淡谢幕就好。

欣赏

欣赏别人，
路上多一道风景。
欣赏自己，
心中多一份信心。

只叹

岁月无情催人老，
豪情壮志付一笑。
不求人间富贵多。
只叹世上知音少。

有此

身健如山，

心静似水。
有此好山水，
人生岂不美？

有声

雪花无声，
表明冬的寂静。
雪花有声，
传递春的音信。

2015年12月

冬日微语（十二）

月色

漫步幽径花正红，
一轮明月映碧空。
多少世间烦扰事，
都融如水月色中。

多少

看开便是海阔天空，
看淡便是云散烟消。
看开看淡能有多少，
人生快乐就有多少。

最好

人的一生短暂，
不需什么都要。
看轻金钱名利，
健康快乐最好。

却是

只因当年相遇，

才有牵挂在心。
初识不过一刻，
难忘却是终生。

白雪

冬天最美的花，
多么晶莹素雅。
清芬飘入人心，
散发谁的牵挂？

2016年1月

春日细语（一）

春来

春来生机勃勃，
万花欲将绽开。
不论是否有名，
都要放出光彩。

阅尽

阅尽人间春秋，
走过滚滚红尘。
心中平静如水，
一切云淡风轻。

只求

不为生活劳累，
不为琐事心烦。
只求日子静好，
一生快乐平安。

本是

梦中红颜似花，

醒来白发如霜。
不怨岁月无情，
生命本是无常。

当下

往事化为烟云，
情缘已是陌路。
珍惜当下生活，
收获明天幸福。

2016年2月

春日细语（二）

春天

最多情的季节，
最浪漫的花期。
心因你而放飞，
梦因你而美丽。

这样

柳枝已经垂青，
河水欢快流淌。
沐浴明媚春光，
心情也要舒畅。

去吧

偶尔惊鸿一瞥，
从此杳无音信。
让它随风去吧，
何必寻觅踪影。

仍要

美好总会过去，

只能心中回忆。
人生虽然无奈，
仍要继续努力。

友情

你是一片阳光，
温暖我心中的薄凉。
你是一缕春风，
绿化我生命的枯黄。

2016年2月

春日细语（三）

开放

万象已经更新，
人的心园开放。
你有山明水秀，
我有鸟语花香。

消散

细雨沾衣欲湿，
和风吹面不寒。
冬天多少伤感，
都在阳春消散。

一定

追求幸福时，
一定要努力。
拥有幸福时，
一定要珍惜。

安然

人已须发似银，

心却一如当初。
岁月风霜奈何，
我自安然生活。

何时

今日与君离别，
迎春花枝发青。
说道一声珍重，
何时再论诗文？

2016年3月

春日细语（四）

放慢

劝君轻松一下，
欣赏初春风景。
不妨放慢脚步，
感受三月温馨。

让我

春风拂走愁容，
春雨洗去烦闷。
如此心旷神怡，
让我安然入梦。

也要

再好的情缘，
不能相守也要分离。
再美的梦想，
不能实现也要放弃。

乐观

心若年轻，

岁月不会老。
人要乐观，
生活充满笑。

都要

不管是大是小，
花朵都要绽放。
不管是高是低，
生命都要飞翔。

2016年3月

春日细语（五）

怎比

经历三九严寒，
欢呼春天到来。
冬季白雪虽美，
怎比百花盛开。

白发

万象生机蓬勃，
我心也在飞舞。
满眼桃红柳绿，
白发不再孤独。

闲看

闲看蓝天白云，
老年不恋红尘。
心静已如止水，
不必枉自多情。

自在

一度春风又来，

十里桃花盛开。
白云飘来飘去，
悠然自由自在。

燕子

春风送来倩影，
翩然飞舞晴空。
经过一冬惦念，
今日花季相逢。

2016年3月

春日细语（六）

放飞

又是一年春色，
江山万里清新。
风筝飘入蓝天，
我也放飞心情。

对酌

我与花对酌，
举杯共惬意。
人醉花未醉，
醉在春天里。

身边

日子简单平凡，
怡然安度晚年。
不必贪恋繁华，
幸福就在身边。

谢你

春到姹紫嫣红，

引来彩蝶纷飞。
谢你散发芬芳，
慰我心中疲惫。

不变

变的是路人，
不变的是景。
变的是容颜，
不变的是心。

2016年4月

春日细语（七）

希望

青春花园荒凉，
美好往事迷茫。
而今新春又来，
心中升起希望。

风雨

吹来温馨春风，
洒下浪漫春雨。
一番风雨多情，
引来花香鸟语。

最是

最是人间四月天，
万紫千红展画卷。
我与春光共欢畅，
莺歌燕舞度流年。

心醉

我的心醉了，

醉在红桃的嫣然一笑。
我的梦醒了，
醒在黄鹂的婉转啼叫。

总难

樱花开得灿烂，
胜过一片云锦。
可惜花期短暂，
美丽总难永存。

2016年4月

春日细语（八）

有人

有人惦记你，
天再冷也感到温暖。
有人陪伴你，
夜再黑也不觉孤单。

无求

知足乐常在，
无求品自高。
心地能淡泊，
生活就美好。

有感

流不尽的是岁月，
看不破的是红尘。
忘不了的是怀旧，
放不下的是当今。

好友

风景，在路上，

朋友，在心里。
美景，多欣赏，
朋友，多珍惜。

畅快

流水般洒脱，
行云般自在。
人生能如此，
心情就畅快。

2016年4月

春日细语（九）

晨读

晨坐南窗读书，
阳光照进心房。
春芳虽然不再，
书中也有花香。

安静

经历岁月风雨，
走过人间繁华。
安安静静生活，
笑看夕阳西下。

喝彩

天生我材必有用，
应当活出自我来。
别人目光不在乎，
要为自己多喝彩。

为君

世间物是人已非，

尚能懂得珍惜谁。
若是遇到伤心事，
也会为君擦泪水。

赠内

当你灿烂绽放，
我们共度时光。
而今花容已衰，
仍在你的身旁。

2016年4月

春日细语（十）

小花

悬崖有朵小花，
寂寞傲然绽放。
只有蓝天白云，
知道它的顽强。

赞春

春风吹来温暖，
春雨洒下希望，
春花绽放美好，
春光照耀梦想。

丈量

纯洁的心也有阴影，
明澈的眼也会迷茫。
人生不会一切圆满。
何必用完美来丈量。

常开

只见容光焕发，

恰似春风吹来。
人生百年何求，
但愿笑口常开。

只要

只要心中有景，
何处不是山清水秀。
只要足下有路，
怎知不会前程锦绣。

2016年4月

春日细语（十一）

已入

虽是乍暖还寒，
春意已入心中。
等到桃花开放，
看到你的笑容。

走了

人儿已经走了，
还在凝望背影。
倘若心里没有，
何必一往情深。

一别

一别就是永远，
只能心中怀念。
彼此都是过客，
不必期待重见。

别再

机会不是都有，

来了未必驻足。
别再犹豫不决，
快把幸运抓住。

夜晚

天空飘洒小雨，
思念散落心中。
白日不见身影，
夜晚梦到笑容。

2016年4月

春日细语（十二）

打开

春天大门打开，
只见含苞欲放。
待到山花烂漫，
何处没有芬芳。

初春

已是春风初柔，
乍暖还寒时候。
一枝红梅嫣然，
恰似远方朋友。

飘向

你要走向远方，
我心依依留恋。
化为一朵云彩，
随君飘向天边。

尽欢

漫长的是岁月，

短暂的是人生。
已是红杏枝头闹，
何不尽欢醉新春。

玫瑰

心中有朵玫瑰，
生命不会枯萎。
若是感到忧伤，
它会给你安慰。

2016年4月

春日细语（十三）

且把

人生旅途漫长，
尚有悠闲时光。
莫作匆匆过客，
且把风景欣赏。

无潮

流年暗换时光老，
两鬓成霜看今朝。
往日豪情随风去，
心静如水已无潮。

一生

阳春的希望，
炎夏的热情，
金秋的丰收，
严冬的安静。

方晓

能够有缘相识，

却不知道珍惜。
等到物是人非，
方晓知音难觅。

拥抱

告别时一次拥抱，
让人常回忆。
如今已化为玫瑰，
盛开在心里。

2016年4月

春日细语（十四）

就好

路边小花开了，
脸上露出微笑。
色彩并不艳丽，
活得自在就好。

心窗

生活总有薄凉，
有时不免忧伤。
打开你的心窗，
进来一缕阳光。

江南

友人远方走来，
三月江南相遇。
伫立桥上伞下，
共赏杏花春雨。

皆有

酸甜苦辣齐全，

日子过得实在。
悲欢离合皆有，
人生方显精彩。

走过

人生不会重来，
没有当初如果。
一旦选好道路，
摔倒也要走过。

2016年4月

春日细语（十五）

朋友

远与不远，
语都能够相通。
见与不见，
你都在我心中。

不在

朋友不在新旧，
相交必须真诚。
距离不在远近，
彼此惦记就亲。

永恒

走不回的是过去，
忘不了的是真情。
莫说人已走茶就凉，
有缘就会成为永恒。

多份

多份关怀，

心灵中就少些冷清。
多份爱心，
生命里就充满温情。

蜂蝶

蜜蜂在花丛忙碌，
用勤劳为人间酿造蜂蜜。
蝴蝶在花丛飞舞，
用浪漫为世界增添美丽。

2016年4月

春日细语（十六）

不如

走遍了青山绿水，
不如你风景独好。
看尽了万紫千红，
不如你嫣然一笑。

淡泊

得失抛在脑后，
名利付与流水。
心和淡泊为伴，
快乐一生相随。

别忘

心中再烦恼，
也别忘微笑。
路上再难险，
也别忘向前。

相通

天各一方，

彼此惦念。
只要是心心相通，
又岂在日日相见。

给你

岁月风霜无情，
青春花朵飘落。
晚霞映着白发，
美丽仍然如初。

2016年4月

述怀短文

我的青春是美好的，
欢乐的，因生活多彩而充实，
为追求完美而努力，
偶有失意也不伤，
虽有遗憾也无悔。
青春的封面早已陈旧，
我依然会常常翻阅它的一些章节，
那一份深深的眷恋总是难以忘却。

这些短文，都是发在微信上，与朋友们交流。内容较杂，有些是生活的感受，有些是往事的回忆，有些是一些常用词语、流行说法的说明和理解，有些是对一些古今诗歌、音乐作品的介绍和体会，等等。这些字数不等的短文，算不上什么创作，只是把自己看到、想到的一些东西叙述出来，在生命中留下一些痕迹。

温馨的平安夜

昨天平安夜，我在附近的大商场“凤凰汇购物中心”玩，看到“疯狂钢琴”教学点在搞宣传。有人在三角钢琴上弹奏，我听了一下，说自己学过琴，工作人员请我弹奏，反正无事，我就弹了起来。兴致很高，我连续弹了九首曲子，都是比较熟悉的：《平安夜》《月朦胧，鸟朦胧》《萍聚》《菊花台》《女人花》《在那遥远的地方》《莫斯科郊外的晚上》《温柔的倾诉》《献给爱丽丝》。我是第一次在大的场合弹奏，就好像在开音乐会。有许多顾客在听，还有一些老外，听到有人在说：“弹得真好听”，我似乎在梦幻中，沉浸在琴声里。我很开心，真是过了一个温馨、浪漫的平安夜。这样的夜晚，这样的情景，以后恐怕再也没有了。我是在用心地动情地弹奏，能引起一些人的共鸣。

我每天都弹奏一些小曲子，不苛求自己，顺其自然，只为自娱自乐，愉悦身心。开心最好，有快乐就与朋友共享，你们也为我高兴吧。惦记老师和琴友们，祝平安夜快乐！

2013年12月25日

含泪的微笑

有人说微笑是人类的春天。生活中少不了微笑，我对微笑特有感受。1995年11月底，我突然中风失语，住院一个月。师生们纷纷看望，学生们轮流守护。学生在《芜湖晚报》上发表了一篇文章《熟悉的微笑》，叙写了我的情况和师生的情谊。文章的最后一段说："您躺在病床上，爱着您的学生们默默地守护在您的身旁，或许是因为感受到了我们内心的呼唤，您微微张开了眼帘，嘴角现出一丝微笑，我们熟悉的微笑！哦，这些就足够了，这些就足够让全心爱着您的学生们含着眼泪笑了。我们含着眼泪笑着，在内心向您狂喊：'好老头儿，您一定要尽快好起来！因为我们是那么的爱您啊！'"看到学生们的深情厚爱，泪水在我的眼眶里打转。含泪笑着，这不正是文学里的那个著名的比喻吗："人生就是含泪的微笑。"我的微笑，是自信和感谢；学生们的微笑，是欣慰和鼓励。此情此景，人生中能有几次？这一道美丽的风景线，永远铭记在我的心底。

快二十年了，这些可爱的大学生们，早已各在一方，人到中年了，他们也许还不知道当年在病床边守护的老师如今还健在，用文字倾诉师生的情谊，还在用感恩的心情怀念他们，还在心里喊叫："亲爱的同学们，我在感谢你们！惦记你们！祝福你们！"

朋友们，请大家常常微笑吧！你微笑，生活会用更多的微笑回报你！

2014年2月7日

立夏小记

晨起，迎来第一缕霞光，新的一天又开始了。今日立夏，告别春天，一番风雨后，花儿飘落。玉颜虽改，但无悔，因为曾经灿烂过，把美丽的青春献给了春天。只要生命有过辉煌，不论短暂还是长久，都不枉此生。窗外，树木葱茏，欣欣向荣，热烈的夏天，会给人如火的激情，点燃美好的梦想。夏天的花，不如春天万紫千红，但也一样鲜艳，流光溢彩，有自己的美。不禁想起印度大诗人泰戈尔的名句："使生如夏花之绚烂，死如秋叶之静美。"我爱春之美，也爱夏之美。美，无处不在；美，魅力永恒。即使在暑气逼人、闷热难挡的时候，我也要追寻并享受夏之美。

2014年5月6日

当你老了

叶芝是爱尔兰伟大诗人，1923年获过诺贝尔文学奖。23岁的叶芝遇见了22岁的美丽女演员茅德·冈，一见倾心，一往情深。诗人曾多次向她求婚，但均遭拒绝，而他终生爱慕，为她写了许多情诗。《当你老了》就是其中极负盛名的一首佳作，表达了诗人哀伤无望而又矢志无悔的真挚感情。

叶芝的《当年老了》，有十二种中文译本，这里用的是袁可嘉的译文：

当你老了，头白了，睡思昏沉，
炉火旁打盹，请取下这部诗歌，
慢慢读，回想你过去眼神的柔和，
回想它们昔日浓重的阴影；

多少人爱你青春欢畅的时辰，
爱慕你的美丽，假意或真心，
只有一个人爱你那朝圣者的灵魂，
爱你衰老了的脸上痛苦的皱纹；

垂下头来，在红光闪耀的炉子旁，
凄然地轻轻诉说那爱情的消逝，
在头顶的山上它缓缓踱着步子，
在一群星星中间隐藏着脸庞。

叶芝写这首诗时，才29岁，他所爱恋的茅德·冈正值青春年少，有着靓丽的容颜和迷人的风韵。诗人却跨越了几十年时光，进入一个虚幻的世界。诗的第一节，写恋人晚年的生活场景。想象恋人老了，睡思昏沉，炉火旁打盹，打开诗人昔日的诗篇，边读边回想过去。第二节，写诗人表白自己的心声。曾经爱你的人很多，现在，只有一个人依然爱你，爱你的一切，连同你的衰老，你的痛苦。第三节，写爱情消失后的伤感。又回到原来的场景，恋人在炉火旁，低下头来，“凄然地”诉说那爱情的消逝。当你能分辨出真假，明白了诗人爱情的珍贵时，却已老去，爱情的遗憾和伤痛，再也没有机会来弥补和抚平。而那份爱情已化身为一个生命，在山顶上行走，在群星里藏着自己的脸庞。

《当你老了》与一般的爱情诗迥异其趣，没有华丽的辞藻，没有甜蜜的柔情，甚至听不到一句爱的誓言，诗人只是用略带悲哀的语调，诉说着一个不可挽回的爱情。诗的语言朴素而含蓄，调子优雅而舒缓，在流动和飘逸的画面中，透出一抹淡淡的哀伤，却又不乏亲切和温馨，让人久久回味。

爱，是微妙的。真挚的爱，是难忘的；忠贞不渝的爱，是永恒的。人生中有多少美好，尽管岁月无情，而那些美好的情愫，却可以永远珍藏在心中。朋友们，读一读这首传诵了一个多世纪的爱情绝唱吧！

2014年7月1日

雅典的少女

拜伦是19世纪英国伟大的浪漫主义诗人，《雅典的少女》写于1810年。拜伦旅居雅典时，住在英国副领事遗孀色欧杜拉·马珂里的家里。她有三个女儿，拜伦对其长女特瑞莎十分倾慕，临别时写了《雅典的少女》献给她，直接而热烈地表达了对她的爱恋。

《雅典的少女》是一首热情奔放的爱情诗，它的大胆率直、豪放乐观与那种含蓄委婉、情绪哀伤的爱情诗迥然不同。作品开门见山，直抒胸臆："在我们分别前，把我的心，把我的心交还！或者，既然它已经和我脱离，留着它吧，把其余的也拿去！"其实都是一个意思：我已经离不开你。诗人浓墨重彩地描写恋人美丽的风姿："松开的鬈发"，吻着脸颊的"睫毛"，"野鹿似的眼睛"，"久欲一尝的红唇"，"轻盈紧束的腰身"，一个天真活泼充满着青春活力的少女形象跃然纸上。诗人用一句"你是我的生命，我爱你"贯穿全诗，反复咏唱，起着荡气回肠的作用，抒发了诗人对少女的挚爱之情。这首诗是爱的心声，也是爱的誓言，让人受到强烈的感染。

爱情是人类最普通的感情体验，是诗歌中永恒的主题。爱情，滋润着心灵，美化着生命。优美的爱情诗，它表达的方式无论是含蓄还是直露，它反映的情绪无论是伤感还是达观，都充分地表现了爱情在人们心中永远都是闪耀异彩、永不凋谢的花朵。朋友们，让我们一起来欣赏这首激情燃烧的世界名作吧！

2014年7月6日

山楂树

我爱弹《山楂树》。这是一首著名的苏联歌曲，诞生于1953年，传入中国后，立即被广为传唱。歌曲描写工厂青年的生活和爱情：我是一个姑娘，同时爱上两个青年。晚上，我们在茂密的山楂树下相会，默默不语。两个人中谁更适合我的心意，我无法分辨，终日不安。“最勇敢更可爱的到底是哪一个？山楂树，山楂树呀，请你告诉我？”世界歌坛爱情歌曲层出不穷，但是写“三角恋”的并不多，这首歌曲写得纯真，优美，浪漫，曲调舒缓悠扬，情感深沉饱满，透出一缕淡淡的哀伤。

在上海时，有一次刘露露老师要搞一个期末钢琴汇报演出，每人自选一首曲子，我准备的就是《山楂树》。后来因故没搞成，而我一直在弹这首乐曲。2010年，张艺谋导演的电影力作《山楂树之恋》上映，影片的尾曲就是《山楂树》，由常石磊演唱，这首歌曲也因此被推到了流行歌曲的前沿。我也收听过关牧村、苏小明、黑鸭子、俄罗斯合唱团、“莫斯科”工厂组合等演唱的《山楂树》，优美动人的歌曲，让人百听不厌。

听到《山楂树》时，我不禁想起了一代才女林徽因的一段情缘：当年，建筑大师梁思成，学界泰斗金岳霖，都爱林徽因。林徽因对梁思成说：“我苦恼极了，因为我同时爱上了两个人，不知道怎么办才好。”第二天，梁思成说：“你是自由的，如果你选择了老金，我祝愿你们永远幸福。”林徽因把这些话传达给了金岳霖，他回答：“看来梁思成是真正爱你的，我不能伤害一个真正爱你的人，我应该退出。”于是，从此三人终身为友，林徽因与梁思成结婚，金岳霖终生未娶。一个聪慧的女子让梁思成宠爱了一生，让金岳霖默默地记挂了一生。

一曲《山楂树》，又唤起了人们美好的遐想，几十年过去了，这首经典老歌和许多优美的苏联歌曲一样，仍然打动着我们的心扉，让我们在歌声里回味着曾经浪漫的岁月，在歌声里寻找那逝去的青春时光。纯真年代，温暖了美丽的回忆，温暖了慢慢老去的生命。啊，我听到了那随风而去又从山楂树里飘来的苏联歌曲……

2014年7月8日

我喜欢出发

汪国真写过一篇散文《我喜欢出发》，短小精致。我很欣赏。

作者为什么喜欢出发呢？因为已经到达的地方属于过去，流连昨天是一种羁绊；因为世界上有不绝的风景，我有不老的心情；因为想学着品味一种缤纷的人生。

出发，是一种不停的追求，追求完美，给自己充电；出发，是一种不断的探索，探索未来，给生命增色；出发，是一种人生态度，是一种勇往直前的精神。我们在人生道路上，不要停下前进的脚步，不要沉湎昨天的风景，要不断进取，不断拼搏，这样我们才会有岁月不凋的青春和丰富多彩的人生。

朋友们，让我们步履轻松，心情舒畅地出发吧！

2014年7月15日

教我如何不想她

刘半农（1891—1934），著名的文学家、诗人、语言学家。《教我如何不想她》是刘半农1920年在英国伦敦时写的一首白话诗，原题为《情歌》，题目有时用“叫我”，有时用“教我”，可以作为同义词通用。这首诗表达了诗人对“她”的纯真爱恋和热切思念。全诗共四节，每节都是先写景，后抒情，形象生动鲜明，语言通俗简洁，节奏流畅，格式整饬，音韵无穷，意境幽远。1926年著名语言学家赵元任将此诗谱曲，名诗佳曲，珠联璧合，《教我如何不想她》广为流传，历久不衰。

《教我如何不想她》首次使用“她”。五四以前，汉字中的“他”本无男女之分，刘半农创造了汉字中作为女性的第三人称的“她”字，并得到社会的广泛认可。一个“她”使一首诗永垂不朽。关于这首诗有一则有趣的传说。当年，北京女子文理学院的女生们非常爱唱《教我如何不想她》，都以为刘半农是一个很风雅的文士，不料看到他时，竟是一个穿了一件中式蓝布棉袍的土老头，大失所望。后来刘半农知道了这件事，为此写了四句打油诗：“教我如何不想她，请来共饮一杯茶。原来如此一老叟，叫我如何再想他。”

《教我如何不想她》中的“她”究竟是谁？有人说是指女性，有人说是指祖国。赵元任1981年回到中国时，有人问他，他回答说：“这是想念祖国。”现在人们通常把这首歌作为情歌来领会的。不管如何，祖国之情，男女爱恋之情，都倾注了真挚的深爱，可以让演唱者、听歌者自己去理解。

刘半农和赵元任是留学英国的好朋友。刘半农于1934年病逝，时年43岁。赵元任送来挽联：“十载奏双簧，无词今后难成曲；数人弱一个，教我如何不想他。”表达了对老友的怀念和他们之间的诚挚情谊。

2014年7月18日

令人想象的背影

我们来欣赏一组人物背影。

艺术的表现角度，可以多种多样，不拘一格。拍摄人物的正面太多了，会使人感到呆板乏味。选择背影，也能创造出一个意蕴丰富、耐人寻味的艺术境界，给观众一个想象的开阔天地。美丽的背影，给我提供了审美再创造的刺激物，让我在想象的空间自由驰骋。

你看那一张张背影，人或伫立，或活动，或沉思，或眺望。他们的内心世界是什么？是思念？是渴望？是怀旧？是憧憬？是喜悦？是惆怅？任你想象吧。

汪国真写过一首小诗《背影》：

背影
总是很简单
简单
是一种风景

背影
总是很年轻
年轻
是一种清明

背影
总是很含蓄

含蓄
是一种魅力

背影
总是很孤零
孤零
更让人记得清

这是诗人对背影的理解，背影含蓄而又孤零，多少有点凄凉。

此时，我不需要看到人物的正面脸庞，只是欣赏美丽的背影，品味一道耐看的风景。我在猜测，在遐想。也许永远读不懂别人的内心世界，只要那背影是美丽的，有内涵，能让人多看几眼，多想几下，那就足够矣。

许多往事，其实是人生的背影。一些人，一些事，都化成脑海中的一个个背影。这背影里，有沧桑的变化，岁月的风霜，生命的吟咏，情感的色彩，苍凉，朦胧，欢乐，凄美……每个背影都是一个动人的故事，成为心中难忘的歌。

背影越来越远，模糊不清了，留下了无限的眷恋，美好的回忆。

2014年7月31日

我言秋日胜春朝

在美好的秋天，我们来欣赏一下唐代诗人刘禹锡的名作《秋词》：

自古逢秋悲寂寥，
我言秋日胜春朝。
晴空一鹤排云上，
便引诗情到碧霄。

诗人说，自古以来，骚人墨客都悲叹秋天寂寞凄凉，我却说秋天远远胜过春天。晴空万里，一只白鹤推开层云，一飞冲天，我的诗情也随之到了碧蓝的天上。

我国古代文学中，常将“秋”与“愁”等同起来。《秋词》一反文人悲秋的传统，唱出了一首激昂的励志之歌。诗的前两句是议论，直接表达了秋日胜春朝的看法。后两句是写景抒情，展示了一幅碧空万里、白鹤凌云飞翔的图景，尽情地表现了诗人豪迈乐观的心境。这首诗是作者在被贬官后所写，借对秋天的赞美，表达了自己在政治上受到挫折后，依然勇往直前，坚持理想，不愿与世俗同流合污的高远志节。

全诗气势雄浑，意境壮阔，融景、情、理于一炉，表现出诗人高扬的精神和开阔的胸襟。一曲非同凡响的秋歌，给后人留下了一份难为可贵的精神财富。

我很喜欢鹤。鹤，性情雅致，形态美丽，素来以喙、颈、脚“三长”著称，直时可达一米多高，看起来仙风道骨，被称为“一品鸟”。

刘禹锡在《秋词》中，给鹤赋予了一个崭新的形象。虽然，这只鹤是孤独的，但气势非凡，它振翅高举，排云直上，矫健凌厉，大展宏图。可以说，诗人是以“鹤”自喻，这只鹤是不屈志士的化身，是奋斗精神的体现。

2014年8月2日

金风玉露一相逢

七夕是汉族中最具浪漫色彩的传统节日，被认为是“中国情人节”。古人咏七夕的诗词很多，其中脍炙人口、传诵不衰的名作，是宋朝词人秦观的《鹊桥仙》：

纤云弄巧，飞星传恨，银汉迢迢暗度。金风玉露一相逢，便胜却人间无数。

柔情似水，佳期如梦，忍顾鹊桥归路。两情若是久长时，又岂在朝朝暮暮？

这首词借牛郎织女悲欢离合的故事，歌颂坚贞诚挚的爱情。上片写佳期相会的盛况。纤薄云彩，变幻万千，闪烁星光，传递牵牛怨恨，织女悄然渡过遥远的银河，两人在秋风白露之夜互诉衷肠。仅仅一次甜蜜的相会，足以胜过人间世俗无数的幽欢。下片写依依惜别的场景。情意绵绵，水般温柔，欢会美好，梦般迷离，分别之时，怎忍心回顾鹊桥归路。其实，两人感情如果天长地久，又何在乎时时刻刻厮守一起呢！作者将抒情、描景和议论融为一体，写得自然流畅而又婉约蕴藉，含味隽永。最后两句“两情若是久长时，又岂在朝朝暮暮”，既指牛郎织女的爱情模式的特点，又表达了作者的爱情观，是高度凝练的名句，这首词因而也就具有了跨时代跨国度的审美价值和艺术追求。

牛郎和织女离别，只有七夕才能相会，虽然也值得庆幸，但是，这毕竟是一种无奈，一种凄凉。“两情若是久长时，又岂在朝朝暮暮”，只是一种强作排遣、无可奈何的安慰。男欢女爱，相守不离，恩恩爱爱，一起老去，岂不是人间最美满的姻缘吗？

2014年8月2日

年轻真好

——看大学毕业照有感

这是我的大学毕业照，拍于1961年9月。几十年过去，恍惚如梦。这是青春的痕迹吗？看看这张熟悉而又有点陌生的照片，不禁感慨良久。想起汪国真的诗《年轻真好》："我们为这个季节的烂漫深深感动，年轻真好！真好年轻！"是啊，年轻真好！年轻，是一株开花的树，一曲激昂的歌，一首清新的诗，一幅美丽的画。年轻，拥有春天的温情，夏天的热情，秋天的豪情，冬天的纯情。年轻，是一道靓丽的风景，永远定格在心中。岁月流逝，如今，黑发已成霜，曾经的美好，只能留存在记忆里。不过生命之花还在开放，虽然没有了青春，但还有热情，还有梦想，还要在人生路上继续前行。保存这年轻时的照片，是为了怀旧，是眷恋逝去的青春，是告诫自己要珍惜现在拥有的，是提醒自己人虽已老心还要保持年轻。年轻真好，让我们永远年轻！

2014年8月4日

假如生活欺骗了你

假如生活欺骗了你，
不要悲伤，不要心急！
阴郁的日子须要镇静，
相信吧，那愉快的日子即将来临。

心永远憧憬着未来，
现在却常是阴沉：
一切都是瞬息，一切都会过去，
而那过去了的，就会变成亲切的怀念。

《假如生活欺骗了你》，是俄罗斯伟大诗人普希金的名作，写于他被沙皇流放的日子里。他是为邻居奥西波娃的15岁女儿写的，题写在她的纪念册上。诗人在被幽禁与世隔绝的处境下，没有丧失希望与斗志。他热爱生活，执着地追求真理，相信光明必来，正义必胜。《假如生活欺骗了你》表达了诗人积极乐观的人生态度。

《假如生活欺骗了你》一诗，没有具体形象，诗人只是以劝告的口吻，娓娓说理，但富有感染力。全诗的语调亲切和蔼，文字清新流畅，富有丰富的人情味和哲理性，让人感受到诗人真挚博大的情怀。

古往今来，谁人不被生活欺骗过？人生路上，总会遇到各种各样的困难，因为生命的本质就是苦乐并存。我们不能改变现实，但面对困难的心态可以选择。在挫折时，不要悲伤，不要心急，要向往美好的未来，镇静地对待生活中的一切。困难终会过去，而那过去的，将成为宝贵的人生财富，成为今后美好的回忆。

《假如生活欺骗了你》是一首励志的诗，年轻时，我和许多人一样，把它抄在笔记本上，成为鼓励自己勇往直前、永不放弃的座右铭。朋友们，欣赏一下这首明白如话而含意深刻的好诗吧！

2014年8月11日

高雅的白天鹅

白天鹅，全身羽毛洁白，体态高雅，被称为纯真和善良的化身。

看到白天鹅，我想到了柴可夫斯基创作的世界上最出名的芭蕾舞剧《天鹅湖》，想到了曾演过剧中的女主角公主奥杰塔的芭蕾舞大师乌兰诺娃。乌兰诺娃是苏联伟大的芭蕾舞艺术表演家，被誉为芭蕾舞的象征和灵魂。她姣好的容颜，优美的舞姿，吸引着无数人的目光，宛如一只白天鹅，轻盈，优雅，美丽，轻轻掠过每个人的心灵，并成为永远的记忆。

当年，我国著名诗人艾青访问苏联时，观看乌兰诺娃的精湛表演后，写了一首诗《给乌兰诺娃——看芭蕾舞〈小夜曲〉后作》：

像云一样柔软，
像风一样轻，
比月亮更明亮，
比夜更宁静——
人体在太空里游行；

不是天上的仙女，
却是人间的女神，
比梦更美，
比幻想更动人——
是劳动创造的结晶。

这首诗生动地表达了诗人观赏舞蹈的主观感受，在虚与实的畅想中，充满着浓浓的诗意，把读者带进了一个万籁俱静、缥缈虚幻的艺术境界中。我很喜欢这首诗，曾记在自己的笔记本上，后来在课堂上讲诗歌时，把此诗作为一个例子来说明诗的想象力。

1998年，89岁的乌兰诺娃病逝，追悼仪式在莫斯科大剧院“白厅”内隆重举行，大厅里回响着《睡美人》和《天鹅湖》的旋律。在人们的心中，乌兰诺娃塑造的优美动人的“白天鹅”，依然在舞台上旋转……

美丽的白天鹅，永恒的白天鹅！

2014年8月21日

寻找安静

我喜欢安静。走过了年轮的沧桑，经历了人生的风雨，安静，便成了灵魂深处的追求。在喧嚣的尘世，要让心安静下来，不浮躁，不张扬，把一切纷扰抛在脑后，进入那个属于自己的空间。静静地阅读书籍，静静地聆听音乐，静静地欣赏美景，静静地抒写情怀。安静，不言不语，有一种丰富的蕴含；平静，不声不响，有一种伟大的力量。安静，芬芳了岁月；安静，诗意了生活。

安静，是一种美，是一种成熟人生的境界。周国平说："人生最好的境界是丰富的安静。安静，是因为摆脱了外界虚名浮利的诱惑。丰富，是因为拥有了内在精神世界的宝藏。"但是，在这浮躁的社会中，有一份安静实属不易。不过，在自然界，人世间，还是有很多安静的，我们用心寻找吧。

记住这句经典英语名言吧：

安静是生命的皇冠。

2014年11月15日

令人难忘《甜蜜蜜》

我在弹奏《甜蜜蜜》。

当年，我看了陈可辛导演、张曼玉和黎明主演的经典电影《甜蜜蜜》，深受感动，那贯穿全剧的邓丽君唱的《甜蜜蜜》，更是令我难忘。

电影中的故事发生于1986年至1995年，男女主人公因为同样喜欢邓丽君唱的《甜蜜蜜》而相遇相知，从朋友变为爱人。后来因故分手，跌沛流离。最后，历经沧桑的两人，终于因为那首《甜蜜蜜》再次邂逅在异乡的街头，当那熟悉的旋律在耳边响起时，不经意转身，四目相接，亦真亦幻，恍如隔世。当歌声响起的一瞬间，观众都泪流满面。啊，有缘总会相逢，历经风雨，有情人终成眷属！

《甜蜜蜜》是台湾词坛泰斗庄奴根据印尼民歌填词而成的，是邓丽君的经典代表作之一，已成为华人世界经久不衰的流行音乐作品。邓丽君的歌声有一种难以言表的甜蜜，她的笑容温柔得让人窒息。

一曲《甜蜜蜜》，优美的旋律，让我沉浸于回忆中。朋友，“你笑得甜蜜蜜，好像花儿开在春风里”。多年以前，我认识你，你的笑容是那么熟悉。如今，远方的我还记得你，惦念你。我又看见了你的身影，看见了你的笑容，不是在绿柳依依的春天，也不是在白雪飘飘的冬季，是在甜蜜的歌声里，在甜蜜的梦里……

2014年11月19日

昙花一现梦幻中

南国朋友来信说，朋友家的一株昙花在今天晚上盛开，她是生平第一次初睹昙花芳容，一个字：雅！她说哪些朋友有雅兴能用更美的语言再赞昙花，感谢。

我回信说，我写过一首小诗《梦》，里面提到昙花，不妨看一下：

茫茫人海
邂逅在红尘中
嫣然一笑
心弦被轻轻拨动
今日风景依然
已不见伊人芳踪
像昙花一现
去得匆匆
留下瞬间的美丽
清晰而朦胧
啊，亦甜亦苦
亦真亦幻的梦

诗中的“伊人”泛指“美好”，世间许多美好的东西，如昙花、流星、焰火等，都很短暂，瞬间消失，令人怀念。

朋友说谢谢，美好的日子永远回忆！

2014年11月23日

犹记当年《道拉基》

我在弹奏朝鲜民歌《桔梗谣》（又名《道拉基》）。

50年代，我在蚌埠市上初中。音乐老师教我们唱了很多歌，其中印象深刻的是《道拉基》，没有译文，老师用朝鲜语教唱，我们不知道“道拉基”是什么意思，只是跟着老师唱。好在歌曲比较简单，好听易唱，很快大家都学会了。

1963年，我已经当大学教师了，在合肥市买了一本音乐出版社编辑部编的《外国名歌200首》，其中就有《道拉基》的曲子，歌名是《桔梗谣》，歌词已被翻译成汉字，我才知道，“桔梗”是朝鲜族人民爱吃的一种野菜。歌曲反映了朝鲜族人民的劳动生活，塑造了姑娘们勤劳活泼的形象。

多年以后，庆祝建国60周年的大型晚会在天安门广场隆重举行。国家一级演员金曼和著名的朝鲜族组合“阿里郎”，受邀带着民族歌曲《桔梗谣》参加了此次演出，深切表达了对祖国的深情厚谊。

朝鲜族民歌的节奏形式属于三拍子系统，《桔梗谣》和《阿里郎》都是三拍子，带有舞蹈性节奏，弹奏起来，颇有味道，真想翩翩起舞。

此时，《桔梗谣》那流畅婉转、欢快明朗的旋律，仿佛从50年前飞来，在我耳边响起……

2014年11月30日

心中一曲《牧童》歌

50年代上初中时，音乐老师又教了一首捷克民歌《牧童》。

《牧童》是一首天真活泼、朴素率真的牧童唱的歌曲，旋律流畅，节奏轻快，易唱易记，朗朗上口。我至今还记得它的歌词：“朝露里牧童在吹小笛，露珠儿洒满了青草地，我跟着朝霞一块儿起来，赶着那小牛儿上牧场……”在歌声中，我们感受到牧童的快乐，乡村的美丽。

我对《牧童》有特殊的感情，因为自己曾当过“牧童”：暑假里，我到乡下去玩，每天都跟着亲戚家的孩子一道去放牛，割草。虽说没有悠扬的笛声，但有时骑在牛背上，在岗上、河边随意漫游，有时躺在草地上，仰望着蓝天白云，悠然自得。这种放松、野趣，在城市中的学校里，是绝对感受不到的。

我喜欢弹《牧童》，它让我感到年轻。曲中切分节奏的运用，使得音乐显得活泼、跳跃，似乎把人的情绪也带动起来，让人充满活力。这熟悉的旋律，让我想起了美好的少年，惬意的生活，那像清澈的溪水一样的岁月……

2014年12月1日

友谊地久天长

怎能忘记旧日朋友，
心中能不怀想，
旧日朋友岂能相忘，
友谊地久天长；
友谊万岁，朋友友谊万岁！
举杯痛饮，
同声歌颂友谊地久天长。

《友谊地久天长》是一首脍炙人口的世界名曲，上面是第一段歌词。它原是苏格兰民歌，18世纪苏格兰诗人彭斯根据当地父老口传记录了歌词，这首诗后来被谱以乐曲，广为流传。美国电影《魂断蓝桥》把它作为主题曲。

在很多西方国家，人们通常在除夕夜歌唱《友谊地久天长》，这象征送走旧年而迎接新年的来临。它的主调在中文版本中却比较伤感，在很多亚洲国家的学校毕业礼或葬礼中被用作主题曲，象征告别或结束的情感。

世上最珍贵的不是财富，而是真挚的友谊，因为财富并不能长久，而友谊却能地久天长。

季节变换，友谊永远是明媚的春天。友谊是一丝丝春雨，滋润我们的心灵；友谊是一缕缕春风，温暖我们的生命。

友谊是花，愈开愈多；友谊是酒，愈陈愈香。“海内存知己，天涯若比邻”，“但愿人长久，千里共婵娟”。珍惜生命中每一个有缘的朋友，愿友谊地久天长，朋友们永远幸福快乐！

我在弹奏《友谊地久天长》，在听歌手沈小岑当年演唱的这首歌曲，歌声悠悠，情意绵绵。

2014年12月5日

江南诗社

去年，安徽师范大学江南诗社隆重举行了成立30周年庆典活动。江南诗社成立于1983年。当年，中文系的钱叶用同学有志于诗歌写作，写了许多诗作，抄在练习本上，他给我看了，我说了点意见。后来，他作为发起人，与一些同学酝酿，成立了江南诗社，出版了《江南》诗刊，钱叶用任第一届诗社社长。我当时是中文系写作教研室主任，安徽省写作学会会长，为诗刊写了序言，表示祝贺和希望。

江南诗社成立后，不断发展壮大，在全国的民间文学刊物中有很高的知名度，1998年被评为与北京大学的五四文学社、复旦大学的复旦诗社、吉林大学的赤子心诗社并列的全国高校四大诗社。

1984年，我给中文系学生开了“诗歌概论”课，讲了一学期，每周一次。我缺乏诗歌创作的经验，也没有专门研究过诗歌理论，只是由于喜欢诗歌，读了古今中外的一些诗作，看了一些关于诗歌的理论文章和著作，就根据自己的理解，综合起来，写了讲稿，讲了关于诗的感情、诗的形象、诗的想象、诗的构思等几个问题。没有什么创见，也不一定讲得确切、透彻。我想，多少也会让喜欢诗歌的同学们得到一些启发。

江南诗社成立后，我因忙于教学和行政工作，很少参加诗社的活动。不过，看到诗社的蓬勃发展，诗人和诗作不断涌现，我感到高兴和欣慰。前两年，在北京见到年近五十的钱叶用，想起当年他勤奋写诗、终于成名的情景，不胜感慨。作为江南诗社的创始人，看到今日诗社的成长和进步，他更是满怀深情，感叹不已！

2014年12月7日

珍惜当下

走过了，美丽的风景，眷恋，回眸一笑。

人生中，有谁没有过“怀旧、憧憬、求实”的经历？回忆过去，活好现在，向往未来，这是人的生命链条中的三环。“怀旧”是美丽的，不过，再美也只是曾经。可以怀念往昔，但不能过于沉湎。“憧憬”是美好的，不过再好也只是美梦，可以向往明朝，但不能过于幻想。“求实”是最重要的一环。人们常说，人生只有三天：昨天、今天、明天。现在，是最美的，稍不经意就会消失。珍惜当下，把握今朝，才是生命的意义。朋友们，让我们且行且珍惜，珍惜吧，身边的日子，珍惜吧，拥有的情谊，珍惜吧，一切美好的东西！

2014年12月25日

活得简单才自由

我喜欢做个简单的人，过着简单的生活。没有苛求，没有奢望，平平淡淡，实实在在，简单而不简陋，平凡而不平庸。

有一个古老的真理：活得简单，才能活得自由。人生简单，就会轻松和快乐，平和与宁静。人生复杂，就有城府和世故，烦躁与迷惘。

简单全在于内心。心简单了，生活就简单了，世界就简单了。人往往因杂念太多而痛苦，因欲望太多而贪婪。看开些，看淡些，一切都会简单。

简单，是一种美，是一种幸福。简单了才会感受到生命之轻，才会享受到心灵之静。简单吧，让生活自由而快乐！

2014年12月28日

腹有诗书气自华

我喜欢读书，虽已白发，书还未放下。书，是灯，照亮前面的路；书，是帆，推动人生的船。读书，明理，增智；读书，使人前进，使人优美。

苏轼诗曰："腹有诗书气自华。"饱读诗书，学有所成，气质就会高雅，才华自然横溢。读书是心灵的美容。多读书，会使人减少傲气和燥气，减少俗气和怨气。多读书，会使人谦逊平和，温文尔雅，使人端庄大方，气度不凡。在这喧嚣浮躁的尘世中，读书可以在书香氤氲中，一洗尘心，寻找一方宁静。心静就是极乐，书是生命的禅堂，沐浴书香，静就在其中。

读书，是一种艺术，是一种美好的享受。朋友们，读书吧！

2014年12月31日

缘　分

现在，人们常说“缘分”，说“缘是天意，分是人为”，“缘，可遇而不可求”，“人生在世，随缘而安”，“缘来不拒，缘去不哀”，等等。这些话说得都有些道理。

缘分，是前世的情愫，未了的延续，是今生相似心灵的呼唤。人生何处不相逢，相逢就是缘分。

当年，我在上海学钢琴，有幸结识了一些老师和琴友，这是一生中美丽的际遇，难忘的经历。缘分不浅，三年中，我得到了师友们热情的指导、帮助和鼓励，圆了学琴的梦，度过了一段快乐的日子，成为一道亮丽的风景。岁月流逝，如今，这些师友中，有的去世，有的远离，有的失联，还有些人则保留在我的朋友圈中，成为好友。我感激他们，怀念他们。那欢乐的聚会，那惬意的演奏，那优美动人的琴声和歌声，都清晰如昨。每当我弹起《多年以前》《我们的时光》《友谊地久天长》的时候，总是心潮澎湃，感慨不已。多年以前，我们相识，多年以后，我还铭记。美好的时光，在琴声里度过，逝去的曾经，在流年中回忆。人生苦短，缘来不易。我珍惜缘分，珍惜友情，珍惜每一个和我一起弹过琴看过风景的人，或许下一辈子我们不会再相遇。

有缘能相识，感君情谊浓。无缘常聚首，只望多珍重！

2015年1月5日

往　事

往事在岁月中流淌，多少事情都流逝了。回忆往事，是人生的一曲深情而缠绵的心歌，这歌的名字就叫做“怀旧”。怀旧，是对往事的一种怀恋情愫，是对过去的一种藕断丝连。当我们在喧嚣的世俗生活中感到无奈、烦躁的时候，“怀旧”之歌就会响起，我们的思绪就飘向了遥远的年代，我们的心中就荡起了层层的波浪。

每个人的心中，都有一座城堡，虽已回不去，但还能回忆。那城堡中的人和事，有的清晰，有的模糊，有的忘记。有些往事如烟云，随风匆匆飘去，有些往事如星光，心空常常闪烁。

漫漫人生路，往事知多少？悲欢离合，应有皆有。往事，既有春花的绽放，也有秋叶的飘落；既有笑容的甜蜜，也有泪水的苦涩。人生不会完美，总是有些遗憾，往事当然有遗憾，但不必在意，往事如是美好，就叫作精彩，如是不好，就叫作经历。

往事，是优美诗句中，文字间露出的柔柔絮语；往事，是潋滟波光中，画舫里吹来的悠悠歌声；往事，是朦胧月色中，花枝上散来的淡淡暗香。往事让人回味，让人留恋。但是，往事毕竟是过去了的，再美也是曾经，再好也要摆脱，不必流连，不需沉湎。挥手告别昨日，紧紧抓住今天，举目展望明朝。这，才是实在而美好的生活。

2015年1月9日

一棵开花的树

如何让你遇见我
在我最美丽的时刻
为这
我已在佛前求了五百年
求它让我们结一段尘缘

佛于是把我化作一棵树
长在你必经的路旁
阳光下慎重地开满了花
朵朵都是我前世的盼望

当你走近请你细听
那颤抖的叶是我等待的热情
而当你终于无视地走过
在你身后落了一地的
朋友啊那不是花瓣
是我凋零的心

席慕蓉的《一棵开花的树》，是一首精致美丽的小诗，风靡一时。作者说这是“写给自然界的一首情诗”，可是一般人都看作是一首写男女的情诗。“诗无达诂”，诗文没有唯一确定的理解和解释，所谓一千人眼中有一千个哈姆雷特。

我们理解，《一棵开花的树》抒发了真挚热烈的爱恋之情。作者用自然清新的文字，把一个少女的怀春之心表现得情真意切，震撼人心。从热切的倾慕到苦苦的等待，由相逢的喜悦到失恋的痛楚，少女爱人而不为人爱的过程，写得跌宕多姿，凄婉动人。

爱情，需要追求；爱情，需要执着。然而，爱情并不总是让人如愿以偿，诗中写的就是爱情生活中的一种伤感的结局。不过，尽管这段尘缘未果，但是，人们追求爱情的信念并不会放弃。纵然失落，也心无愧，情无悔，生无憾！

2015年1月11日

到远方去

诗人汪国真写过一首诗《旅行》：

凡是遥远的地方
对我们都有一种诱惑
不是诱惑于美丽
就是诱惑于传说

即使远方的风景
并不尽如人意
我们也无需在乎
因为这实在是一个
迷人的错

到远方去，到远方去
熟悉的地方没有景色

诗的最后两句被称为具有浓厚哲理意味的佳句。

熟悉的地方没有风景吗？不是，天涯何处无芳草，世间处处有风景。罗丹说：“美是到处都有的，对于我们的眼睛，不是缺少美，而是缺少发现。”熟悉的地方不是没有景色，只是你没有发现，因为太熟悉而对其熟视无睹。发现了，也因为大家都习惯了就视而不见。正如汪国真在一篇散文中说的“大凡最好的地方，若被自己的步履趟平了，也就会觉得兴味索然。”

虽说熟悉的地方也有景色，但是我们还是要到远方去，因为世界很大，而我们生活一方天地太小，坐井观天怎能展现长空的广阔？外面的世界很精彩，我们要到远方去，远方的景色会使我们眼界大开，领略到不同故地的无限风光，享受到人生的丰富多彩。

到远方去，是一种解脱，是一种追求，是一种开拓，是一种新的攀登。

2015年1月12日

我与绘画

年轻时，我喜欢绘画。在蚌埠师范上学时，我参加了学校的美术小组，每周活动一次。1956年，我的水彩画《校景》入选，参加了安徽省青年美术作品展览会，获得了一本精致的美术日记。后来，我的水彩风景画参加了蚌埠市画展，第一次拿到奖金。

1957年，中师毕业后，我被保送到安徽师范学院（后为安徽师范大学）中文系，参加了学校的美术小组。有一次写生，我画了一幅水彩画《赭山塔影》，艺术系老师将其作为示范，给大家讲如何取影、用彩等。得到专业老师的肯定，我很高兴。可是后来因为参加学校的足球队活动，就没有画画了，颇为遗憾。

1958年，安徽师范学院的文科系由芜湖迁到合肥，成为合肥师范学院。我大学毕业，留校任教。我曾画了几张水彩风景画，挂在学校图书馆的墙上。“文革”中，出过墙报，画过刊头。1969年，安徽省首届活学活用毛主席著作积极分子大会召开，会场设在我校大礼堂。我负责布置会场。当时没有电脑，图文都是人工制作。我写了两幅大标语、一条语录，用美术字写，我又挑选了一组毛主席画像。画像上是毛主席各个时期不同的站立的姿态，都是线条勾勒，不设色彩。我把它们放大复制在厚白纸上，每幅画都配了一首毛主席诗词，用毛笔写隶书。十幅画制成大条幅，挂在大礼堂内两边的墙上，十分醒目。用了二十多天布置好了会场，自己较满意，领导也认可。这是我一生中做得最用心、最费力、最难忘的一件事。

1976年1月8日，周总理逝世，全国人民沉浸在悲痛中。第二天，我根据报纸上的照片，用铅笔在白纸上画了一张周总理的大画像，挂在墙上，大家望着，哀思绵绵。这是我第一次画周总理的像，终生难忘。

“文革”后，我很少有时间画画，只是给学校的小报副刊画过刊头、题头和尾花，给学校设计了毕业纪念册，给一些书籍、教材设计了封面。

2008年，在上海，我为外孙女武可画了许多小动物，从书刊上挑选一些可爱的小动物形象，把它们放大、涂色，制成一张张彩色的画。多年以后，武可回忆童年的岁月时，或许还会想起外公给她画小动物时的情景。

如今，我与绘画的情缘算是告一段落。曾经想当画家的梦想，早已随青春逝去。我身边没有留下一张自己画过的水彩风景画，它们已经消失在岁月的风霜里，只存在回忆中。缘来不拒，缘去不哀。如果我与绘画还有缘分的话，那就下辈子再续吧！

2015年1月14日

珍惜生命

青年歌手姚贝娜病逝，34岁，风华正茂，不料生命之花黯然凋零，令人痛惜。

生命是伟大的，也是渺小的；生命是坚强的，也是脆弱的。昨天还是一个鲜活的生命，转瞬之间就会阴阳相隔。

生命，只有一次，不会重来。生命，世上最宝贵，什么都买不到。在生命面前，名利、地位、金钱、珠宝等，无足轻重。人，活着就好，活着就是幸福！

生命短暂，世事难料。活一天，就要活得轻松，活得自在，活得精彩，活出自己的魅力。微笑着，唱着生活的歌谣，快乐地前进。

我们要保重身体，珍惜生命。虽说“生命的意义是在于活得充实，而不是在于活得长久”，但如果既能活得充实又活得长久，岂不是更好吗？

珍惜吧，美好的生命！

2015年1月17日

惜时如金争朝夕

以前读朱自清的散文《匆匆》，我印象深刻、至今难忘的，是开头的几句话："燕子去了，有再来的时候；杨柳枯了，有再青的时候；桃花谢了，有再开的时候。但是，你告诉我，我们的日子为什么一去不复返呢?"

去年，春晚会上，王铮亮一曲《时间都去哪了》，感动了万千观众。人们为之动容后扪心自问：这些年来，我们的时间都去哪了？习主席说："都被工作占去了。"我们呢?

光阴似箭，日月如梭。对于时光飞逝，我们要珍惜。不能让光阴虚掷，岁月蹉跎，要惜时如金，只争朝夕，把时间用在需要的地方，在有限的年华里，多做些有意义的事情。

时间就是生命，珍惜时间，就是珍惜生命。要让时间创造财富，让生命放出光彩!

珍惜吧，那稍纵即逝的时间!

2015年1月28日

怀念你，青春

我爱弹奏新疆民歌《青春舞曲》。随着优美流畅的旋律，明白朴实的歌词自然地跳跃在眼前：“太阳下去明朝依旧爬上来，花儿谢了明年还是一样的开，美丽小鸟一去无影踪，我的青春小鸟一样不回来。”看到青春飞逝，人们心里总会有些伤感。可是，这首乐曲却洋溢着一种奔放、开朗的情绪，让人听起来感到亲切、轻松。这也许正如高尔基说的：“民歌是与悲观主义绝缘的。”

我的青春是美好的，欢乐的。阳光灿烂，鲜花盛开，因生活多彩而充实，为追求完美而努力，偶有失意也不伤，虽有遗憾也无悔。当鬓发斑白时，青春的封面早已破旧，我依然会常常翻阅它的一些章节，那一份深深的眷恋总是难以忘却。

人们说，世界上有二十岁的枯木，也有八十岁的常青树。何以如此？我想大概是与心态有关。心态不老，青春常在。人只要能淡泊明志，宁静致远，即使老了，青春的心境也依然是生命中一道不变的风景。

怀念你，我的青春！

2015年1月31日

谁说冬天没有花

今晨起来，地上一层雪，算是为即将到来的“立春”洗尘吧。

谁说冬天没有花？雪花，就是冬天最美的花，晶莹的雪花，孤高，冷艳，在广袤的天空，无声缤纷，一份素雅抵得上万紫千红。

雪花，是最圣洁的花，洁白无瑕，一尘不染，纯净了大地，也纯净了人的心灵。

雪花，是最善舞的花。轻舒衣袖，翩翩起舞，自由随意，漫天飘扬，是世上最壮观、最动人的舞蹈。

雪花，是最动情的花。人们在银色的梦幻中，感受到一片片柔情，一瓣瓣浪漫，把冬天的情怀全部释放。

雪花来了，春天的百花还会远吗？

2015年2月3日

春，如期而至

春来了，我们曾经相约过，如今，你轻轻地，悄悄地，翩翩然地如期而至。我握住你的手，欢迎你带来了生命和希望，带来了温馨和好运。

春来了，我的心豁然开朗。我看见羞涩的花，露出了俏丽的微笑；我听见快活的鸟儿，吐出了婉转的歌声。啊，我沉醉于鸟语花香、春意盎然中。

春来了，浓浓的情意，像一缕缕阳光，明媚着我们的梦境。深深的怀念，像一片片花瓣，芬芳着我们的心灵。

春来了，枝头新绿，向我们展示无限美好的未来。蓓蕾的初展，并不能让我们满足。我们要开创出山花烂漫、万紫千红的新春。

春来了，朋友们，让我们的心儿一起放飞吧！

2015年2月17日

鸟语花香多美好

“鸟语花香”，多么美好的形象！

有人说，花是春之容，鸟是春之魂，鸟语花香才是春。鸟语花香是春天的名片，是春天的象征。这话说得不错。没有鸟语花香，春天是乏味的，是寂寞的。没有鸟语花香的春天，就像没有星星和月亮的天空，没有浪花和船只的大海。

春天来了，东风浩荡，阳光明媚。“春眠不觉晓，处处闻啼鸟”，快乐的小鸟，在天上飞舞，在枝头歌唱，千鸣百啭，啼声悦耳。含笑的花儿，在灿烂绽放，姹紫嫣红，芬芳四溢。春天变成了温馨和谐、富有诗情画意的世界。

鸟语花香，带来了温情和浪漫，激起了我们对美好生活的热爱和追求。我们要像鸟儿一样自由，要像花儿一样美丽，心园里常常感受到鸟语花香，春意盎然。

鸟语花香，我们喜欢你，赞美你！

2015年2月19日

愿岁月静好

现在人们都喜欢说“岁月静好”这句话。

此话的出处是：1944年，汪伪政府官员胡兰成与上海最负盛名的女作家张爱玲结婚。胡兰成怕自己的身份会拖累张爱玲，于是两人的婚姻没有任何的仪式，也没有法律程序。只有张爱玲的好友炎樱为证和一纸婚书为凭。婚书上写道：“胡兰成与张爱玲签订终身，结为夫妇。愿使岁月静好，现世安稳。”前两句出自张爱玲之手，后两句由胡兰成所撰，意为愿生活平静和美好，现在安定健康为佳。可是，几年后因胡兰成屡次背叛而使这段婚姻画上句号。对一代才女张爱玲来说，“岁月静好”终究是个难圆的好梦。

时光安静而美好，是一种对生活的期冀。在纷扰、喧嚣的尘世中，我们需要一片湛蓝的天空，一方心灵的净土，不急不躁，不惊不慌，用淡定、从容的态度，坦然走过滚滚红尘，且歌且行。在静好的时光中，生活平平安安，快快乐乐！

2015年2月28日

月灯依旧人不见

元宵夜，闹花灯，人们自然想到欧阳修的名篇《生查子·元夕》：

> 去年元夜时，花市灯如昼。月上柳梢头，人约黄昏后。
> 今年元夜时，月与灯依旧。不见去年人，泪湿春衫袖。

此词上片写昔之欢乐。去年元宵夜，繁华的街市上灯光明亮如白昼，佳人相约在月上柳梢之时，黄昏之后，互诉衷情，温馨幸福溢于心中，花、灯、月、柳，都是美好的化身，爱情的见证，情景相融，显示出朦胧清幽、婉约柔美的意境。

下片写今之痛苦。今年元宵夜，月光和灯光依旧，可是见不到去年的佳人，令人肝肠寸断的相思化作行行清泪，打湿了春衫的衣袖。月、灯，已变成凄凉的化身，相思的见证。山盟犹在，佳人无音，抚今思昔，不堪回首。

此词语言平淡，意味隽永。“人约黄昏后”已成了爱情和男女相约的代名词，此词也成为表达“物是人非”的凄凉心境的代表作品。作者构思巧妙，用今昔对比的手法，将去年和今年的两幅元夜图景，形成哀乐迥异的鲜明对比，有效地表达了旧日恋情破灭后的失落感和孤独感，使人读来一叹三咏，感慨不已。

世事在变，沧海桑田。岂止是人之感情，世上许多事情都是物是人非，心难如愿，留下太多的伤感和遗憾。“世事茫茫难自料”，何必太介意，“古今多少事，都付笑谈中”！

2015年3月5日

赠人玫瑰，手有余香

人们喜欢和欣赏“赠人玫瑰，手有余香”这句话。

这句话出自印度古谚：赠人玫瑰之手，经久犹有余香。英国也有这样的谚语，意思是一件很平凡微小的事情，哪怕如同赠人一枝玫瑰般微不足道，但它带来的温馨，都会在赠花人和受花人心底慢慢升腾、弥漫、覆盖。

人与人之间要相互关心、帮助，把关心和帮助别人当作一件快乐的事。你方便了别人，也给自己带来了方便。在奉献的同时，也成就了自己崇高的人格。

“赠人玫瑰，手有余香”，是友善的表现，是爱心的升华。我愿把自己拥有的美好，分享给别人。给予不计回报，分享只在愉悦。朋友们，请收下那一支支鲜艳吐芳的玫瑰吧！

2015年3月9日

朱颜辞镜花辞树

国学大师王国维在《蝶恋花》一词里说了一句经典的话："最是人间留不住，朱颜辞镜花辞树。"人老了，照镜子时已找不到年轻时的脸庞。花谢了，纷纷从树枝上掉落了。这都是人间最不能留住的现象，让人为之感叹和无奈。

林志颖唱的《戏梦》的歌词中说："岁月如飞刀，它刀刀催人老，再回首天荒地老。"岁月无情，生命短暂，人间留不住的何止是朱颜和花容？有多少美好的事物，都被岁月落满了尘埃，怎么擦拭，也回不到最初纯正的颜色。

人老，花落，斗转星移，一切自然，不必介怀。想开了，就会哀而不伤。人生走到最后，都要回到朴素和简单，回首一笑，淡然而已。

2015年3月15日

一年之计在于春

俗话说：“一日之计在于晨，一年之计在于春。”春天是开始，它告别寒冬，走向金秋。诗人雪莱有句名言：“过去属于死神，未来属于自己。”未来是一张白纸，我们在春天里，就要拿起笔，开始描绘未来瑰丽的图画。

春天，给了人们新的起跑线。春天里，我们在人生之旅上行走，要放下负担，迈开自信的步伐，轻装前进。跨过山水，穿过风雨，欣赏沿途亮丽的风景，伴着快乐，向目标走去。

春天，是播种的季节，希望的季节。“人生一世，草木一春”，生命短暂，要抓紧时机，在春天播下希望，在秋天收获。虽然人生有许多不再，但只要生命的枝头葱茏，就会“一切皆有可能”。

莫负春光，努力吧！

2015年3月18日

人间有味是清欢

苏轼写过一首词《浣溪沙·从泗州刘倩叔游南山》，末句是“人间有味是清欢”。这是一句带有哲理性的话。作者认为远离喧嚣的城市，避开官场的争斗，忘却名利欲望，走进山林，感受农家朴素的清茶粗饭生活，这就是“清欢”，是人生的一种快乐。所谓“清欢”，就是清淡的欢愉，不是大欢、狂欢，更不是贪欢。用现代话来说，就是“平平淡淡才是真”。

我喜欢清欢。清欢，是杜绝尘世喧嚣的一种安宁，是洗净粉饰浮华的一种素雅。清欢似心涧溪水，澄澈纯净，一路欢唱；像天上的白云，卷舒随意，悠然自得。清欢有味，有它，就多了一分真诚，少了一分虚伪；多了一分冷静，少了一分狂热。

我追求清欢。清欢，是一种至高的精神境界。它没有过多的欲求，没有沉重的负荷，不讲究物质的享受，只讲究心灵的品位。人生路上，心满阳光，淡然前行，在简朴无华里寻觅惬意，在平凡日子里感受温馨，平平淡淡，快快乐乐，此生足矣！

2015年3月20日

笑看人生

我喜欢这句话："笑看人生。"这"笑"，是"微笑"。

笑是什么？笑，是世界上最美丽的表情，最动听的语言。笑，是最好的名片，是人与人之间最短的距离。笑是优美的歌，是灿烂的画。笑，是一种风度，是一种境界。

人生三万天，不如意事十有八九，何必还要栽培愁苦？不如快乐地生活，笑口常开，"笑一笑，十年少"，"一笑解千愁"。笑，是治苦的良方，是生活中的一种释然。笑靥如花，春意盎然，即使在寒冬，心中也是暖意融融。

人生如戏，剧情跌宕起伏，不论是山穷水尽，还是柳暗花明，都要微笑面对，一份潇洒，悠然前行。

我欣赏这句话："人生的最美，就是回眸一笑的洒脱。"我们能做到吗？

2015年3月23日

我走在春天里

春回大地，万物复苏。我走在春天里，心花盛开。山明水秀，桃红柳绿，平淡的日子里，增添了几多诗情画意。春风轻抚脸庞，春雨滋润心田。那寒冬的淡淡的伤感，随着融融春意悄悄地消散。

春天是生机盎然的季节，花草树木都在努力吸收阳光雨露，茁壮成长。人呢，也要朝气蓬勃，奋发向上，趁大好春光，充分绽放生命的花朵。

岁月总是匆匆，春天也不会长停留，在这温馨盈怀的春天里，我们要尽情欣赏春光的明媚，品味生活的芳香。人生路上，不要错过美丽而回不来的风景。

诗人说："只要春天还在，我就不会悲哀，纵使黑夜吞噬了一切，太阳还可以重新回来。"岁月静好，心境淡定，春天就会常驻心中，于是，生活里就有了温暖，有了希望，有了欢笑。

2015年3月28日

春风赞

春天是春风的使者，给人们带来了明媚的春光，愉悦的心情。

春风是美容师。她美化了自然，装扮了江山。她用一把奇特的剪刀，裁出了柳叶：“不知细叶谁裁出，二月春风似剪刀。”（唐·贺知章《咏柳》）；又裁出了杏桃：“春风骋巧如剪刀，先裁杨柳后杏桃。”（宋·梅尧臣《东城送运判马察院》）；还裁出了众多的叶、花等：“东风便试新刀尺，万叶千花一手裁。”（宋·黄庶《探春》）。春风真是心灵手巧啊！

春风是勤劳者。她为春天服务，忙忙碌碌，勤勤恳恳。“春风多可太忙生，长共花边柳外行。与燕作泥蜂酿蜜,才吹小雨又须晴。”（宋·方岳《春思》），春风太随和、太忙碌了，常常在花边柳外不停地穿行，才忙着为燕子作窝、蜜蜂酿蜜创造条件，又吹送小雨滋润万物，转眼又吹得雨过天晴。春风真是大忙人啊！

春风是有情人。她富有情感，颇通人性，善解人意。“春风知别苦，不遣柳条青。”（唐·李白《劳劳亭》），春风知道人间的离别之苦，故意不让柳条发青，不忍看到折柳送别的场面。“东风知我欲山行，吹断檐间积雨声。”（宋·苏轼《新城道中之一》），春风知道我这羁旅之人要到山里行，特意吹断了檐间连日不断的积雨声。春风真是多情啊！

春风是创造神。她有强大的创造力，给自然物带来新生。“野火烧不尽，春风吹又生。”（唐·白居易《赋得古原草送别》），不管烈火怎样无情地焚烧，只要春风一吹，又是遍地青青的野草。野草何等坚强，春风何等神奇！“春风又绿江南岸”（宋·王安石《泊船瓜洲》），春风所到之处，万草萌生，一片新绿，生机勃勃，春意盎然。春风好生了得！

春风啊，我永远赞美你！

2015年3月29日

春雨润物细无声

久旱的京城喜迎春雨。前晚，春雨“首秀”，一派迷蒙。昨夜，贵如金的春雨再访，湿润着京城大街小巷。淅淅沥沥，听着点点滴滴的雨声，感受到“小楼一夜听春雨”的优美意境。

1980年3月，我写了一首小诗《春雨》，刊登在学校小报副刊上：

润万物，
细无声，
染得塞北杨柳绿，
江南杏花红。
一丝丝，
一缕缕，
化作银线绣美景。
飘然拂翠翩翩飞，
燕语春意浓。

洗征尘，
添豪情，
扬鞭催马竞雄姿，
万里任驰骋。
一点点，
一滴滴，

汇成春潮滚滚涌。
待共云霞托红日，
九天展新容。

几十年后，再读此诗，恍如隔世。当年豪情不再，但春雨依然滋润万物。一丝丝，一缕缕，多少情思洒心中。一点点，一滴滴，伴我入梦到天明。

2015年4月2日

曾记得中流击水

我喜欢游泳。上学时，暑假到乡下度假，与小伙伴到小河里游泳、嬉戏。曾到蚌埠淮河、合肥巢湖玩过水，多在浅水处游，深水处至多游了十几米远。

1970年，学校由合肥迁到芜湖。这一年，为了庆祝毛主席在武汉畅游长江四周年，芜湖市举办了规模空前的横渡长江活动，后来又连续搞了两年，三次活动我都有幸参加。

第一次，我们学校只有五六个人参加，先坐船到对岸，横渡不能直线游过来，只能斜线游，起点到终点三千多米。在宽阔的大江中游，我第一次横渡长江，真是有点“冒险”。下水后，人都散开了。游到中途一看，周围没有一个人，茫茫江面，只有自己孤军作战。救护小船，远在两百米之外，我很紧张，万一抽筋，呼救恐怕都来不及。我只有定下心来，用蛙泳慢慢游，累了就用仰泳姿势躺在水面，休息一下，经过约两个小时，才到了终点。

第二次，大家先乘船到江中，下水顺流而下，人多，又风平浪静，游起来比较轻松，顺利到达。

第三次，可麻烦了。游到中途，突然风大浪急，胸前背后被惊涛骇浪凶狠地撞击着，整个人就像被掏空似的，身不由己，在风浪中挣扎着。初次参加横渡的几个学生被吓坏了，大声呼救，被拖上了救护船。当时，我也害怕，不知哪里来的勇气，硬是挺住了，经过一番搏斗，终于坚持游到了终点。事后，我都有些后怕。

横渡长江，是我平生感到最紧张、最惊险，也是最兴奋、最自豪的事情。毛主席在《水调歌头·游泳》中写道："不管风吹浪打，胜似闲庭信步，今日得宽馀"，我读到这诗句时，就有一种非常亲切的感受。

此后，我在秦皇岛、青岛、威海、深圳、三亚的大海里都游过，海水的浮力较大，游起来比在江湖里还要轻松些。

自2000年至今，我在上海、北京时，只在健身馆的游泳池里活动。虽然没有江海开阔，没有风浪，却另有一份自在，一番情趣。只要自由、快乐，哪里都是我飞扬的天地。

2015年4月2日

壮美与优美

我很喜欢这副对联："骏马秋风塞北，杏花春雨江南。"

绘画大师徐悲鸿撰过一副自题联："白马秋风塞上，杏花春雨江南。"（1944年书赠流丹仁弟），后来，另一位绘画大师吴冠中改为"骏马秋风塞北，杏花春雨江南"。现在这副对联非常流行，其中"骏马"又作"白马""战马""铁马"，"塞北"也作"塞上""冀北""蓟北"。此对联以极其典型的两组名物，精辟地概括了我国南北两大地域迥异的自然景致和风土特色。

这副对联的上下句，皆有意境，描绘了塞北的雄浑、劲健，江南的温婉、柔媚，一刚一柔，一阳一阴，极富美感。国学大师王国维说美：而美之为物有两种，一谓壮美，一谓优美。壮美是一种阳刚美，优美是一种阴柔美。"骏马秋风塞北，杏花春雨江南"，每句只举三个具体形象，却分别象征两种截然不同状貌的美。前句是壮美，奔驰的骏马，萧瑟的秋风，广阔的草原，颇有"气概"。后句是优美，娇羞的杏花，缠绵的春雨，秀丽的江南，富有"神韵"。两种美给人的审美感受不同，壮美是情绪的热烈和亢奋，优美是心灵的恬静与安宁。

中国传统宇宙观认为："一阴一阳谓之道。"人生离不开美，需要不同的美，要阳刚，也要阴柔，爱壮美，也爱优美，当然，个性不同，有所偏重。

朋友，你呢？

2015年4月11日

山寺桃花知春处

在众多桃花诗中，我比较喜欢白居易的名作《大林寺桃花》，曾手书赠给朋友。

> 人间四月芳菲尽，山寺桃花始盛开。
> 长恨春归无觅处，不知转入此中来。

大林寺在庐山香炉峰顶，山高地深，温度较低，诗人四月登山，平地春已归芳菲落尽，高山古寺中的桃花才刚刚盛开，妩媚动人。正为春天逝去无处寻觅而感伤时，没想到春天却悄悄地转移到这里来，就像孩子捉迷藏似的，偷偷躲在这个地方，真是让人喜出望外，心花怒放，仿佛置身于非人间的另一世界。对于时任江州司马“天涯沦落人”的诗人来说，也许在远离喧嚣的宁静中，摆脱了人间的悲欢离合，心中感到一份宽慰。

诗人用桃花象征抽象的春天，把春光写得具体可感，形象美丽。短短四句，在平淡自然中，显得意蕴深邃，富于情趣，表达了诗人对春天的喜爱之情。

春天虽然美丽，但不能久驻，在“此中”也只是暂时，总终“落花春去也”。唯有在惜春、恋春的多情人的回忆中，春天没有消逝。朋友们，就让我们的心中永远盛开那灼灼绚丽的桃花吧！

2015年4月17日

人面桃花情意浓

看到眼前满树盛开的桃花，自然地想起了唐代诗人崔护的那首著名的小诗《题都城南庄》：

去年今日此门中，人面桃花相映红。
人面不知何处去，桃花依旧笑春风。

诗人去年，寻春遇艳，今年，重寻不遇，事过境迁，物是人非，令人惆怅不已。小诗诠释了一种普遍性的人生体验：偶然遇到某种美好事物，当有意去追求时，却再也不可复得。

人面桃花，让人思绪纷飞，感悟颇多。

两种美好的事物在一起，会相得益彰。人面桃花交相辉映，人美花艳，春意更浓。花衬托人靓丽，人赋予花情感，春风有意相助，造就了春光的温馨和妩媚。

情缘不要错过。桃花的美可以重来，世间的情却转瞬不再。有些情，错过了一季，就错过了一生，再等待，也是一场空，徒有无奈。

天涯何处无芳草。“人面”走了，虽然遗憾，也无须绝望。人生路上，还有机会遇到更多美丽的风景。情，无处不在。

情，可以渐渐流逝。曾经无法遣怀的情缘，终究抵不住时间的退落，淡淡忘却，悄悄隐去，一切都付之流水。

情，能够终生难忘。红尘情缘难断，深深铭记在心，始终让人无法释怀，任岁月流逝，此情仍常在。

啊，人面桃花，人生舞台上，能演出多少精彩动人的戏？

2015年4月18日

暮春时节读华章

在描写暮春的诗词中，韩愈的《晚春》立意新颖，别开生面：

> 草木知春不久归，万般红紫斗芳菲。
> 杨花榆荚无才思，惟解漫天作雪飞。

花草树木知道春天即将逝去，为了将春多留住时日，竞相争芳斗艳，万紫千红，尽展光彩。就连那乏色无香的杨花和榆荚也不甘示弱，化作雪花随风漫天飞舞。

作者用拟人手法，赋予花草树木留春、惜春时的生命特征，表达了珍惜春天和时光的美好愿望。诗人一反常见的晚春迟暮、惋惜伤感之情，描写花木灿烂，展示暮春风采，让人满目风光，耳目一新，读来令人奋发向上，斗志昂扬。

草木尚知惜春，何况人呢。岁月不饶人，要抓住时机，奋发图强，一展人生价值，即使“无才思”，也要珍惜光阴，尽己之力，为人间添色。

有人认为“杨花榆荚”是作者嘲笑、揶揄的对象：没有才能，白首无成。我觉得可以从正面理解：“杨花榆荚”不因无才而藏拙，避短用长，努力争放，为晚春添一景，其精神亦可嘉矣！

2015年4月24日

人生莫遣头如雪

读唐代诗人高蟾的两句诗:“人生莫遣头如雪，纵待春风亦不消。”我有所感慨。

人不希望老，但是青春留不住，白发自然生。“头如雪”，不是谁派遣人搞的，是无情的岁月摧残的结果。满头白发，纵然春风百般吹拂，也不会消失无踪，自然规律谁能抗拒?

时光飞逝，“朝如青丝暮如雪”，白发是岁月的痕迹，是变老的象征。在叹息头如雪的同时，我们要努力做到发白心不老，容颜苍老无法改变，心态却可以保持年轻，不必在意白发，人生之旅还要继续前行。在美丽的黄昏，我们的生命之花，还在静静开放，一曲《夕阳红》，彩云灿烂，红霞映白发，多么绚丽的一道风景啊!

如雪的白发啊，你在悄悄地诉说我往昔的青春吗?你在细细地描绘我未来的梦想吗?

2015年4月25日

最美人间四月天

春天，万物复苏，生机勃勃，充满温暖，充满希望。四月天不冷不热，是春季中最好的时候。

一代才女林徽因，曾写了一首著名的诗作《你是人间的四月天》。台湾和大陆合拍了一部电视剧《人间四月天》，讲述徐志摩和林徽因、陆小曼、张幼仪三人感情纠葛的故事。剧中说林徽因的《你是人间的四月天》是写给徐志摩的，这是误解，这首诗是林徽因为刚出生的儿子梁从诫写的。

林徽因容颜姣好，才华横溢，当时追她的人很多，且都是名人：金岳霖、徐志摩、梁思成等。后来林徽因与梁思成结合。徐志摩为了听林徽因的演讲，飞机失事身亡。金岳霖一生未娶。1955年林徽因病逝，追悼会上，金岳霖送了一副挽联：

一身诗意千寻瀑

万古人间四月天

上联赞颂林徽因的才华，说她一身涌现的诗意就像千寻瀑布那样飞扬绵长；下联抒写林徽因的美好，说她是万古以来在人间出现的最好的四月天。

四月天，阳光明媚，和风吹拂，群芳吐艳，春意正浓，世间的爱和美都在尽情展现，人的快乐和梦想在任意放飞。不论是相聚，还是离别，真挚的情谊，就是人间的四月天，芬芳着每一个日子，温暖着每一个心灵。

心弦一曲人间情，谁能不爱四月天！

2015年4月27日

一代诗人去远方

4月26日凌晨，著名诗人汪国真因患肝癌病逝。天妒英才，令人痛惜。

汪国真，被誉为“20世纪中国诗歌最后一个辉煌的诗人”。2013年亚太经合组织工商领导人峰会上，中国国家主席习近平引用汪国真的诗句：“没有比人更高的山，没有比脚更长的路”，向世界重申中国爬坡过坎、闯关夺隘的改革决心。这使得汪国真的诗歌作品更广为人知。

今日上午，汪国真的追悼会在八宝山殡仪馆举行。现场除了汪国真的亲友，还有很多因为喜欢他的诗而来与诗人做最后告别的读者，有些是从外地坐火车专程赶来的。

八宝山东礼堂门口的广场放着二百多个花圈，除了部分好友所献，还有全国各地的读者们和机构敬献。人们不约而同地用诗人的诗作为挽词。殡仪馆门口的屏幕上播放着汪国真的自述短片和诗作朗诵，不少读者驻足观看。

下面是亲友所献花圈上写着的汪国真的诗句：

“生命是自己的画板，为什么要依赖别人着色？”（儿子汪黄任）

“愿所有的幸福都追随着你，月圆是画，月缺是诗。”（妹妹汪玉华）

“是男儿总要走向远方，走向远处是为了让生命更辉煌。”（堂兄汪国恭）

“太深的流连成了一种羁绊，绊住的不仅是双脚，还有未来。”（堂兄汪国防）

“我醒只是因为曾经深迷，我悦只是因为曾经极痛。”（堂弟汪国筑）

“如果我离你而去，谁能再为我弹一曲高山流水？”（侄子汪建顺）

我喜欢汪国真的诗，曾买了他的几本诗集，如今身边书在人已去，我也选了他的经典诗句：“既然选择了远方，便只顾风雨兼程”，“世界上有不绝的风景，我有不老的心情”，纪念这位“诗坛王子”，愿他一路走好！

2015年4月30日

你若安好，便是晴天

“你若安好，便是晴天”，这是现在很流行的一句话。

此话出自哪里？有人说，来源网络，作者已无人知道。有人说，来自一部作品：《你若安好，便是晴天：林徽因传》，作者白落梅，当代女作家。人们对此书评价不一，赞美者说：“迄今最唯美、最诗意、最精致的林徽因传记。”批评者说：“迄今最苍白、最拖沓、最平庸的林徽因传记。”

“你若安好，便是晴天”，其含义很明确，你如果幸福平安，我的世界就是晴天。通俗地说：你好一切都好。如果有人对你说：“你若安好，便是晴天”，若是认真说的话，就说明你是他看重的人，他关注你的喜怒哀乐，你的安好便是他的幸福。现在，它已成为一句美好的祝福语，就连美国电影《速度与激情7》也引用了这句话。

重庆大学校长林建华在2012届毕业典礼上的讲话，赢得阵阵掌声。演讲即将结束时，林建华说：“离别后不必忧虑这里的风雨雾色，你若安好，便是晴天。”这句话引起满场喝彩，不少学生激动得流下了眼泪。

今世，繁华落尽，浮生若梦，我无所奢求，只衷心地祝福朋友们：你若安好，便是晴天！

2015年4月30日

春天究竟归何处

今日立夏，春去夏来。

宋代诗人朱淑真在小诗《书窗即事》中说到春归：

花落春无语，春归鸟自啼。
多情是蜂蝶，飞过粉墙西。

花儿静静落下，春无声无息，鸟儿好像不知道春天要归去，还在那里独自啼鸣。多情的有蜜蜂和蝴蝶，纷纷飞过白墙的西面，去追寻春天的足迹。

花落春归，蜂蝶多情，不过最多情的还是惜春、恋春的人。请听宋代诗人黄庭坚在《清平乐·春归何处》中的说法：

春归何处？寂寞无行路。若有人知春去处，唤取归来同住。
春无踪迹谁知？除非问取黄鹂。百啭无人能解，因风飞过蔷薇。

春天回到哪里？四面一片沉寂，找不到春天回去的道路，如果有人知道春的去处，就把她叫回来同居一处。可是谁也不知道春天的踪迹，除非问一问黄鹂，它的叫声十分婉转，但无人能够理解，只趁着风势飞过蔷薇花丛。蔷薇花开，说明夏天已来临，诗人终于意识到：春天确实回不来了。

白居易说过："长恨春归无觅处，不知转入此中来。"春天已悄悄地转移到高山古寺中，但是"此中"也只是暂时的，桃花总要落尽，春天终要归去。

春天究竟归何处？回答是：春天已转到惜春、恋春的人的心里。人最多情，情意绵绵无绝期，春天永驻人心中！

2015年5月6日

一生遇到两个人

常看到这句经典的话：人的一生注定要遇到两个人，一个惊艳了时光，一个温柔了岁月。”

此话来自苏剧写的《经年》，作品写了韩唐和金希澈两个男人爱情、友情交错的一段感情，五年后他们有了不同的生活。作者感叹道：“此去经年，两个少年，一个惊艳了时光，一个温柔了岁月。”

“惊艳”和“温柔”都活用为动词，意思是“一个使时光惊艳了，一个使岁月温柔了”，这两个人究竟是谁？读者可以有不同的理解。

我认为，一个是与我度过青春美好时光的惊艳之人，一个是与我享受一生幸福生活的温柔之人。

有人说，一个是让你生活充满亮点和新鲜的人，一个是你托付与你共同经历风雨的人。

有人说得具体：如果这个人是男人的话，惊艳了时光的是情人，因为情人犹如昙花一现，妩媚繁花；温柔岁月的是妻子，因为细水长流的才是陪你一辈子的人。情人只是在平静中追寻刺激，而待繁花落尽，云淡风轻，只剩细水长流，涓涓不断。

如果这话适用于所有人，那么惊艳时光的是恋人，她或他让你尝到那不一样的味道；温柔岁月的是母亲，亲情总是温暖而绵长。

朋友，你说呢？

2015年5月7日

也无风雨也无晴

苏轼有首词《定风波》，写野外途中遇雨，而雨具未带，同行之人皆奔走而回，唯苏轼吟啸徐行，过不多时，天气转雨为晴，就写了这首词，结句是：

回首向来萧瑟处，归去，也无风雨也无晴。

回头望一眼走来遇到风雨萧瑟的地方，信步归去，对我来说，既无所谓风雨，也无所谓天晴。

好一句“也无风雨也无晴”！胸襟洒脱的东坡先生写了这一句饱含哲理的话，道出了他的顿悟和启示：自然界的雨晴是寻常的，人生中的荣辱得失又何足挂齿呢！

人生中，得意，失意，都很正常，是人生共同的不可或缺的组成部分。不管是顺境还是逆境，来了，就坦然面对，从容接受。回首往事，“风雨”，“晴”，只不过是人生路上常遇到的事，不必在意，一切都会过去，成为“也无风雨也无晴”的空茫一片了。

以宁静、淡然的态度，去看待世间的一切，泰然自若，宠辱皆忘，不以物喜，不以己悲，这才是淡泊而豁达的人生。

2015年5月15日

天涯何处无芳草

“天涯何处无芳草”，这是人们常常引用的一句话。

此话来自苏轼的词《蝶恋花》：“枝上柳绵吹又少，天涯何处无芳草。”枝上的柳絮被吹得越来越少了，天涯哪里没有芳草呢，只见芳草碧连天，春色无边。作者感叹春天不能永驻，就用“天涯何处无芳草”来聊以安慰，强自振奋。

多少年后，不知是谁在此句后加了一句：“何必单恋一枝花”，变成了“天涯何处无芳草，何必单恋一枝花”，这句话就成为人们失恋时的振奋口号。

现在，一般都用“天涯何处无芳草”来指爱情，说男女之间没有必要死守一方，天下可爱的人或者值得爱的人很多。歌手秀才演唱的歌曲《天涯何处无芳草》中，歌词就是“天涯何处没有芳草，何必单恋一个人到老。不要因为一棵树，放弃整座森林。”爱情是彼此相恋，如果对方真的不喜欢你，那你就没必要一直纠缠，不妨洒脱点。

不过，有时候一个人错过了，在下个路口会遇到更好的。但是也有时候，错过了就再也挽回不了。错过了，就是一辈子。

我们不妨把眼光放长远些，可以把“天涯何处无芳草”这句话，广泛理解为一种豁达的态度。做事做人，不必在一条道上找生活，大千世界发展空间很大，机会很多，不必过于注重某一事某一人而不知变通，换位。俗话说，不要在一棵树上吊死。

天涯何处无芳草，远方风景更美好！

2015年5月20日

美在朴素中

庄子有句名言："朴素而天下莫能与之争美"（《天道》）。朴素，是天下没有什么能与之争美的。

朴，原意是未经加工的木材，素，原意是白色的生绢。朴素，指事物保持原来的本色。庄子认为朴素是一种"大美"，就是未经人工雕琢修饰的自然美。李白有两句诗："清水出芙蓉，天然去雕饰。"朴素就像刚出清水的芙蓉，明媚天然毫无雕琢装饰。朴素，是天然的美，纯真的美。

朴素，是人的美好品德，也是文章的优良品性。朴素的语言，使人读起来就像和作者面对面促膝谈心，无面临严师之拘谨，有欣会挚友之亲切，因而很容易受到感染。古诗中有很多名句，如李白"举头望明月，低头思故乡"，王维"劝君更尽一杯酒，西出阳关无故人"，杜甫"正是江南好风景，落花时节又逢君"，王翰"醉卧沙场君莫笑，古来征战几人回"，岑参"马上相逢无纸笔，凭君传语报平安"，白居易"野火烧不尽，春风吹又生"等，都是用朴素的语言，真切地表达了人情世态。这些诗句通俗易懂，明白如话，赢得了人们的喜爱。

这种真切的感情，是作者深刻的生活体验的自然流露，不需要任何华丽辞藻的装饰。用古人的话来说，这是纯然的"天籁"。

文章的语言并不是不要雕琢，只是要修饰适当，要"清雕琢"，即轻轻地淡淡地雕琢，雕琢而不留斧迹。这需要作者有真本领，素养很高，有过硬的文字功夫。

美在朴素中！高尔基说得好：“一切美的东西都是十分朴素的，因为朴素是美的。”

2015年5月22日

红烛颂

唐代诗人李商隐写了名句："春蚕到死丝方尽，蜡炬成灰泪始干。"（《无题》）。春蚕只有到死的时候，吐丝才会停止，蜡烛只有烧成灰的时候，蜡泪才会流干。诗句原意是指男女之间的爱情至死不渝，后来常用来赞美为国为民鞠躬尽瘁，直到生命的最后一息的崇高精神。

闻一多先生曾写过一首名作《红烛》，热烈表达无私的奉献精神。作者把自己比作红烛，要用那微弱的光和热来照亮险恶的前途，去燃烧世人的迷梦，捣毁禁锢人们灵魂的监狱，为人们培养出慰藉的花和快乐的果。尽管是"流一滴泪，灰一分心"，即使是直到"蜡炬成灰泪始干"，也在所不惜。

多少年来，人们一直把教师比作红烛，赞扬他们默默无闻、为教育事业鞠躬尽瘁的奉献精神。教师也一直以红烛来鞭策自己，虽然细弱，但有一分热，发一分光，照亮了别人，耗尽了自己。教师的一生就是：燃烧，不停地燃烧，无怨无悔，矢志不改。

1996年，我校以文学院女学生为主排练的舞蹈《红烛颂》，伴有歌曲。根据曲调，我写了歌词：

红红烛火情意浓，
热泪全付出。
闪闪点燃智慧火，
照亮人生路。
春风桃李烂漫时，

人间多少颂红烛！

后来，我校学生到北京参加了首届全国大学生文艺汇演，《红烛颂》获得了优秀节目三等奖。

啊，红烛，我永远为你歌唱！

2015年5月27日

青春温馨，友情珍贵

我珍藏着五十多年前的一位同学写给我的一首小诗，纸面已经陈旧，钢笔字迹还能认清：

怀仁，为什么不允许
我向您表达狂热的尊敬
难道我是那
盛夏时的炎炎赤日
你竟是那
春天里含苞欲放的蓓蕾
我将长久地徘徊在你身边了
渴望的眼睛也表达不了恋慕的心
你淡灰色的身影，天真的面影
我紧紧抱住的只是他们，只是他们
它虽然清晰
却不是一个实在的您啊
它只是痛苦地欺骗我的眼睛
折磨我的心
没有时间也没有地点
像一个女人给她的热恋者的信
在我的心胸中弥漫的
就是这样的爱情……

这是1957年春，我在蚌埠师范上三年级，中师即将毕业，有一天，一个姓潘的同学在我的笔记本上写了这首诗，没有题目，也没有时间落款。我们年级有三个班，我在甲班，是同级中年龄最小的，也许因为年纪小，学习好，待人诚恳，师兄师姐们都喜欢我、关心我。当时，我们年轻，都喜欢诗。我们班出过两期墙报，叫《云星》，我是主编，登的都是同学们自己写的诗。潘同学是乙班的，也喜欢诗，跟我认识，但来往不多。他写给我的这首诗，真挚，浪漫，像一缕春风，温暖了我的心。我说了声谢谢，但也没想到回赠他一首诗。中师毕业，我被保送到大学，潘同学分配到了蚌埠市的一个小学。以后我们没有联系，听说他在报刊上发表过小诗。我怀念这位第一个用诗向我倾诉情谊的老同学。感谢他在我们的青涩年代，为我写下了如此火热而纯朴的诗作，他永远铭记在我的心中。

后来，我从另外的老同学处得知潘同学已于2008年不幸病逝。我听到这个消息，感到非常痛惜，真是人生无常啊！我感到十分遗憾，当年潘同学对我如此厚爱，我却没有送他一首诗，表达我的谢意和情意。年少时，不知同学情的分量，人已走，再回味，才知同学情在人生中的位置。同学，是亲爱的兄弟姐妹，是精神上的血缘。同学情，是一种纯朴的情，一种高尚的情，一种动人的情，一种浪漫的情！我永远怀念这个别样的同学情，珍惜这珍贵的同学情！

潘同学，此生我欠你一份情，不知来世能否回报？愿富有诗人气质的你，在天堂还抒写动人的诗篇，倾诉心中的情怀。

一路走好，我终生难忘的老同学！

2015年5月28日

我与歌词

1979年，安徽省举办全省大学生夏令营，省团委托我校创作《夏令营营歌》。我受命写了歌词，艺术系同志负责谱曲。歌词如下：

蓝天飘起了五彩云，
霞光映照着我们的夏令营。
我们来自大江南北，
相聚在革命的大家庭。
我们像雄鹰展翅，
我们像骏马飞奔，
高峰留下攀登的足迹，
江河闪动着矫健身影。
啊，放眼祖国锦绣河山，
怎不叫人心潮翻滚？
快来吧，亲爱的同志，
快来吧，亲爱的朋友，
让我们欢度这幸福的时辰！

蓝天飘起了五彩云，
霞光映照着我们的夏令营。
我们来自大江南北，
相聚在革命的大家庭。

我们在畅谈理想，
我们在焕发青春，
双手接过前辈火炬，
心中铭刻着英雄功勋。
啊，展望四化宏伟图景，
怎不叫人增添豪情？
努力吧，亲爱的同志，
努力吧，亲爱的朋友，
让我们奔向那灿烂的前程！

我没有参加夏令营丰富的活动，也没有听到大学生们嘹亮的歌声，但我想到那些朝气蓬勃的年轻人，唱着营歌，我的歌词乘着旋律的翅膀在大地上飞扬，心中感到一份欣慰。三十多年后，看到这首歌曲，感慨不已。至今，年老的我，身上还有那一股朝气吗？心中还有那一份激情吗？

写歌词，是一门艺术。我没有学过，只是好歌曲的歌词看多了，就觉得歌词不是朦胧诗，应当通俗明白，自然流畅，富有形象性和音乐性。以前由于需要，我偶尔写一些歌词，主要是与艺术系师生合作，谱成歌曲，发表在刊物上。艺术系曾两次邀请我参加他们在繁昌、巢湖进行采风的活动，给学生们讲点文艺知识，讲讲写歌词的基本要求，帮助他们修改歌词。文学与艺术是相通的，学中文的我与学艺术的师生可以互相交流，共同提高。有时候，我想如果还有下辈子的话，也许我会把兴趣放在音乐方面，可能成为一名像样的歌词家。

偶尔写过几首歌词的我，能在艺术系的课堂上给学生们讲如何写歌词，可以说是勉为其难。之所以敢讲，只能说是因为年轻。

2015年6月3日

新的爱情宣言

舒婷的成名作《致橡树》，是一首优美、深沉的爱情诗，创作于1977年3月，1979年4月发表在《诗刊》上。这首立意新颖、形象鲜明的诗，后来在读者中广为流传，脍炙人口。

舒婷在《致橡树》中，否定了世俗的不平等的爱情观，表达了平等独立又互相扶持的爱情观，发出了新时代女性的独立宣言。在诗里，诗人把爱人比作高大的橡树，把自己比作火红的木棉，她既“绝不像攀缘的凌霄花”，又“绝不学痴情的鸟儿”，而要做橡树近旁的一株木棉，“作为树的形象和你站在一起，根，紧握在地下，叶，相触在云里”，“我们分担寒潮、风雷、霹雳，我们共享雾霭、流岚、虹霓”。这首诗塑造了一个不依附他人的自强的女性形象，表明真正的爱情，不是为了炫耀自己，或者衬托对方，而应该是人格平等，个性独立，互相尊重，同甘共苦。这种爱，不仅是纯真的，炙热的，而且是崇高的，伟大的。诗中的橡树不是具体的形象，而是诗人理想中的情人象征，诗不是单纯倾诉自己的热烈爱情，而是表达一种爱情的理想和信念。

有人认为，“致橡树”是“志向述”的谐音，是政治诗，这有些牵强附会。如果要广义理解，可以说这首诗是在展示一种更宽更广的“爱”：人与人之间、同志与同志之间应有的诚挚的友情。

70年代末和80年代初，朦胧诗兴起，那时，我和许多人一样，对诗境模糊不清、主题多意莫名的朦胧诗，似懂非懂、半懂不懂，甚至完全不懂。舒婷的《致橡树》虽说是朦胧诗派的代表作之一，但从诗的内容到语言，都是那么新鲜，那么通晓，没有“朦胧”的意味。当时，我读到《致橡树》，不禁怦然心动，觉得真是一首好诗啊。新中国成立后，爱情诗很少，就是唯一写了大量爱情诗的诗人闻捷，都是写别人的爱情，没有一首是写自己爱情的。舒婷的《致橡树》，以内心独白的抒情方式，坦然地直抒自己的内心世界，真挚热烈，令人耳目一新。以前，我曾在课堂上讲过这首诗，今日重读，感到还是那么清新，那么美丽！

2015年6月6日

人生自是有情痴

欧阳修在《玉楼春》一词中，写了千古名句：“人生自是有情痴，此恨不关风与月。”说离情别恨是与生俱来的，与风花雪月无关。

有人说，这是写友情的，“情痴”中的“情”是友情，“风月”一直是指男女之间的爱情，而人世间本来就为情痴狂的，这种人与人之间的情谊与爱情是无关的。

不过，一般都理解此词是写爱情的，人的多愁善感都是与生俱来的，这种情绪与自然界的风花雪月无关。风月是客观存在，没有主观感情，但是看风月的人是有感情的，常常把这种主观感情人为地加于自然景物上。其实，这与景物是无关的。人是一念痴情，与风月何干啊。

情是人世间最丰富、最细腻的一种心理体验，多情到了痴心的程度，就是痴情。痴情，是一种迷恋，一种真情的极度投入。所谓“为伊消得人憔悴，衣带渐宽终不悔”，古今多少男女，为情愁苦，为情痴迷。痴情的人，比寡情的人更疲累，为一个人，真情缱绻，望穿秋水，为一段情，痴傻疯狂，痛彻心扉。大千世界，芸芸众生，用痴情演出了一幕幕人间悲喜剧，红尘中平添了多少乐趣和悲哀！

“人生自是有情痴”，人生中，动情颇多，若无缘，就放弃，若有缘，就珍惜。要做情的主人，掌握情的分寸。不必一生为情所苦，为情所困，做一个多情而洒脱、钟情而理智的人！

2015年6月7日

映日荷花别样红

宋代诗人杨万里写过一首千古流传的诗《晓出净慈寺送林子方》：

毕竟西湖六月中，风光不与四时同。
接天莲叶无穷碧，映日荷花别样红。

到底是六月的西湖最美，景色与别的季节不一样，荷叶与天相接，无边无际，一片碧绿，荷花在朝阳的映照下，显得格外红艳。

作者通过对西湖美景的极度赞美，表达了对友人深情的眷恋。全诗意境辽阔，大气磅礴，又蕴含着明净和幽深。

读到“接天莲叶无穷碧，映日荷花别样红”，我就想到了北京圆明园的荷塘。被誉为“万园之园”的圆明园，园子大，荷塘也大，荷花品种之多，面积之广，在全国是赫赫有名的。每年夏日都在园中举办盛大的“荷花节”，千亩荷塘万株花亭亭玉立，美不胜收！

2011年夏日，我和老伴带着外孙女武可游玩圆明园，参观了荷塘。回来后，我找了两篇描写荷花的文章给武可看，让她参考一下。她写了一篇作文《荷塘景色》：

“开阔的水面上布满了荷叶，像一个大圆盘，一个挨着一个，看上去像一片绿色的海洋。密密的荷叶中，钻出了许多荷花，又红又白，形状都不一样。你看，有些花骨朵儿，害羞地捂着脸躲在叶子里，有些探出了半个脸蛋，小小心心地看外面世界，有些已经大方地露出整张笑脸，迎接来观赏的游人。荷塘的景色真是好看呀，我们的心情也好愉快啊！”

虽然有些地方是模仿别人文章的句子，但能连贯起来也就不错了。

荷花，身姿曼妙，芳香四溢，“出淤泥而不染，濯清涟而不妖”，清丽脱俗，天然独秀，令人赞叹！

荷花，生命虽然不长，但在盛开的时节，绽放得那样热烈和灿烂，人的生命也应当如此啊！

2015年6月17日

惟有葵花向日倾

宋代司马光写了一首诗《客中初夏》：

四月清和雨乍晴，南山当户转分明。
更无柳絮因风起，惟有葵花向日倾。

初夏四月，天气清明和暖，下过一场雨，天刚放晴，正对门的南山，变得更加明净了。已不见因风飘落的柳絮，只有那葵花对着太阳开放。

此诗后两句是司马光的名句。作者咏花明志，讲的是人品。含义是：我不是因风而舞的柳絮，意为绝不在政治上投机取巧，随便附和；我的心就像葵花那样向着太阳，意为对皇上忠贞不二。

司马光的诗句，对我们很有启示：人品有轻贱与高尚之别。柳絮因风起舞，历来是癫狂轻薄的象征，葵花则忠诚不移，花似无情物，却有忠贞心。人不要像柳絮，随波逐浪，没有主见，要像葵花，坚守自己的人生信念。

诗中的“葵花”，是指蜀葵等有阳性的植物，并不是指“向日葵”。许多人把“葵花”释为“向日葵”，实是谬误。因为向日葵原产美洲，明代后期才传入中国。

葵花向日，可以用于爱情，不要像柳絮一样，随风就起舞，而要像葵花，一心向太阳，表示坚定不移的爱恋。

葵花向日，也可用于政治，表明对党的忠诚不渝。在七一建党节对联中，就有：“爱党心诚葵向日，创业志坚鹤冲天”。多年以前，党的生日时，我曾用毛笔写了一幅隶书作品：“金葵朝阳，红心向党”，挂在了学校的离退休干部管理处的墙上。

人生应有忠贞心，要做葵花向日倾！

2015年7月1日

美得让人落泪的音乐

我喜欢弹柴可夫斯基的《如歌的行板》。

1957年上大学，学校编了一本小册子《赭山歌声》，收集了一些中外名歌，给学生们娱乐。我很喜欢其中的俄罗斯民歌《夜歌》。它的曲调优美，歌词也不错，给人一种轻盈如云、柔情似水的感受，歌词是：

在那绿草地上，
是谁在走来，
身穿灰衣，
漫步在徘徊，
她那一双秀眼，
温柔美丽如水，
你不知道，
她就叫“安睡”。

夜间的青山顶上，
是谁在走来，
身穿白衣，
轻盈地闪动，
当那夜阑人静，
看她是多光明，
你不知道，

她就叫“美梦”。

后来，我才知道这首《夜歌》就是柴可夫斯基著名弦乐曲《如歌的行板》的声乐版本。《夜歌》的旋律源自俄罗斯民歌《凡尼亚坐在沙发上》。柴可夫斯基创作《D大调弦乐四重奏》时，把这段旋律用于第二乐章，这就是著名的《如歌的行板》。“行板”是音乐术语，指稍慢的速度，属中慢板。如歌的行板，是说行板的感觉像“徐步而行”如歌般缓缓流淌。

《夜歌》有许多填词，大多数表现伤感的爱情内容。我国中学音乐课中的《夜歌》，是由章启连填词的，着重表现游子思念家乡的情怀。

《如歌的行板》是柴可夫斯基的弦乐代表作，有人说《如歌的行板》是柴可夫斯基的代名词。当年俄国大文豪托尔斯泰听了这首乐曲，感动得泪流满面并感叹：“我已经接触到苦难灵魂的深处。”我国著名作家王蒙写过一篇小说，标题就叫《如歌的行板》，记叙了这段曲子在50年代的知识青年中不可磨灭的印记。他还写了一篇散文《行板如歌》，结尾说：“如果夜阑人静，你谛听了柴可夫斯基的《如歌的行板》，你也许能够再次落下你青年时代落过的泪水。只要还在人间，你就不会完全麻木。”在《你好春天——2013年文化部春节电视晚会》上，艺术家焦晃朗诵了《行板如歌》（节选）。

没想到，几十年后，我在用钢琴弹奏《如歌的行板》，当年那熟悉的《夜歌》的旋律又在我耳边响起。啊，美好的青春，难忘的大学时光，镜湖的碧波，赭山脚下悠扬的歌声……

2015年7月13日

夏夜听雨难入眠

昨日入伏，京城发布了高温红色预警，气温40摄氏度左右。夜半，一声雷响，把我从梦中惊醒。想起日间写关于《夜歌》和《如歌的行板》文字的情景，耳边似乎还在回响那熟悉的旋律，看来是不能"安睡"了，也无法再做"美梦"了。外面又下雨了，敲打在窗上，渐渐地，又淅淅沥沥地飘洒起来了。

难以入眠，就任思绪纷飞吧。我想起了陆游的诗句："小楼一夜听春雨，深巷明朝卖杏花。"今夜不是春雨，是夏雨，杏花早已消逝，只有月季在享受着雨的滋润。我想起了蒋捷的词句："而今听雨僧庐下，鬓已星星也，悲欢离合总无情，一任阶前点滴到天明。"不是在僧人的茅舍里，而是在小区的高楼上听雨，虽然我也两鬓斑白，但心情并不悲凉。我又想起蔡琴唱的《被遗忘的时光》："是谁在敲打我窗？是谁在拨动琴弦？"是夜半夏雨，让我想起了被遗忘的时光，回忆起那昔日欢乐的情景……

不知什么时候才慢慢入睡，早晨被闹钟惊醒，已是六点了。又是晴朗，经过一夜雷雨，高温降了许多。新的一天又开始了，走出古人的诗词，走出往日的时光，踏踏实实地过好今天，再淡然一笑地向明天前行吧。

2015年7月14日

翠明园，别来无恙

芜湖市有个美丽的公园，名叫“翠明园”，它在赭山脚下，铁山宾馆旁边，对面是安徽师范大学的凤凰山宿舍。

80年代，翠明园建成。有人向有关部门推荐我写一份介绍翠明园的文字，我答应了。参观了公园后，我写了近两百字的短文送上。没有修改，就通过了。后来翠明园对外开放，门票背面的文字介绍就是我写的：

“翠明园在赭山西南麓，介于铁山凤凰山之间，是芜湖新建的古典园林。全园面积7200平方米，延山引泉，随形得景，玲珑秀巧，风景别致。园内的假山、林泉、亭台、廊榭，古色古香，明洁清雅，富于诗情画意。观远岫叠翠，听近泉鸣弦，山光水色，分外宜人。园内遍植梅兰菊竹，四季花草，香樟丛林，葱翠欲滴，是人们游憩的胜地。”

芜湖市是我读书、工作的城市，是我的第二个故乡。向人们介绍一下翠明园，也算是我献给美丽的江城的一点小小的心意。

三十多年后，无意中看到这张门票，真是感慨万分！很少有人知道是我当年写了这段文字，现在自己看了，似乎也有点陌生了。岁月流逝，翠明园，你还安好吗？那门票恐怕已成为历史了，留在我心中，化作远方的一道美丽的风景。

2015年7月15日

我与体育

我喜欢体育，与体育有不解之缘。

年轻时，我就爱好体育。上中师时，我喜欢上体育课，成绩是92分。我参加了班上的篮球队和学校的羽毛球队。

上大学时，我入选了学校的足球队，后来还当了队长，常常在绿茵场上训练，与兄弟院校和省足球队进行友谊比赛，参加过全省高校足球比赛。

参加工作后，我仍然积极参加体育活动，打过篮球、排球、乒乓球、网球。我是中文系教工篮球队、排球队的队员，参加学校的比赛。我还是系和学校的乒乓球队的队员，参加芜湖市和学校的乒乓球比赛，分别获得过团体亚军，获得过学校教工乒乓球比赛男子单打第二名。我还经常与同事打网球，只是打着玩，没有参加过比赛。

我也喜欢田径运动。从1970年起，我每年都参加学校的运动会。我是参加教工组比赛，每次都能得到名次，获得奖品（笔记本和毛巾）。我曾经获得200米低栏冠军（只搞过一次，后来取消了这个项目），200米和1500米亚军，100米第三名。我还得过一次全校越野跑冠军，奖品是一双白运动鞋。四十多岁，我就不参加田径比赛了。

我也爱好游泳，上学时，在蚌埠、合肥，到河里玩过水。70年代起，连续三次参加芜湖市举办的横渡长江活动，在威海、秦皇岛、深圳、三亚等，到大海里游过。后来在上海、北京，都在游泳池里游泳。

我曾学过太极拳，参加了学校工会举办的太极拳学习班，学过简化太极拳24式，学得还不错，结业时，教师叫我与另一学员一起给大家作了示范表演。

我也学过体育舞蹈，参加了体育舞蹈学习班，跟体育系老师学“国标”，后来我还参加了学校舞蹈协会。虽然，后来因忙于其他事，没有时间，拳也不打了，舞也不跳了，告别了武术和舞蹈，但是在那学拳学舞的日子里，我过得很开心，很潇洒，那些美好的情景都成了亲切的怀念。

1995年，我因患高血压而中风，住院一个月。我体质较好，很快就康复了。一年多后，我又参加了体育活动：游泳，打乒乓球、网球。1999年退休。2003年在上海，我又学了打壁球。渐渐老了，我就注意保重身体，控制运动量。2007年，我在上海开始学习钢琴。此后除了游泳，其他体育活动都不参加了。

我是左撇子，踢球用左脚，打球用左手。也许我有点体育天赋，学什么都学得比较快，学了就像个样子。许多人都以为我是体育老师，其实我是学文学的，不过是个体育爱好者。体育，使我增强了体质，锻炼了意志，使我身心愉悦，生活充满了情趣。

我喜欢大画家达·芬奇的一句名言：“运动是一切生命的源泉。”我也相信大诗人普希金说的话：“生活多美好啊，体育锻炼乐趣无穷。”我热爱体育，要健康地快乐地活着！

2015年8月7日

一朵绯红的玫瑰

我喜欢玫瑰，它色彩鲜艳，芳香馥郁，长久以来就是美丽和爱情的象征。它是英国的国花。每年2月14日是西方情人节，年轻人都会把玫瑰花献给心上人表达自己的爱情。

50年代，我在蚌埠师范上学。校园里有许多玫瑰花，盛开时，我在欣赏它，并写了一首小诗《一朵绯红的玫瑰》：

初夏的小园里，
一朵绯红的玫瑰在开放。
绿叶衬托着红艳的花朵，
轻轻地，她在散发出诱人的芳香。
啊，大自然的胸怀，
她是那样的美丽！
怀着无限的深情，
我向她凝视、凝视。
夜晚，在梦中，
我的心上，
也开着一朵绯红、绯红的玫瑰。
于是，快乐和甜蜜，
便注入了我的心田……

这是我写作的处女作，诗写得幼稚，但是抒的是真情，只是表达对大自然中玫瑰的喜欢，并没有爱情的含意。

80年代，看李仁堂、谢芳主演的影片《泪痕》，我喜欢听其中的插曲、乔羽作词的《心中的玫瑰》：

在我心灵的深处，
开着一朵玫瑰，
我用生命的泉水，
把它灌溉栽培。
在我忧伤的时候，
是你给我安慰，
在我欢乐的时候，
你使我生活充满光辉。
啊，玫瑰，
我心中的玫瑰，
但愿你天长地久，
永远永远把我伴随。

现在，我经常弹奏两首关于玫瑰的曲子，一首是《送给我一支玫瑰花》，这是新疆民歌，旋律优美动听，节奏明快舒展，表达了青年男女对爱情的执着追求。最早由歌唱家朱逢博1970年演唱，歌曲得以流传。

另一首是《夏日的最后一朵玫瑰》，它是一首古老的爱尔兰民歌，是世界上广为流传的爱尔兰抒情歌曲。原名叫《年轻人的梦》，19世纪爱尔兰的著名诗人托马斯·摩尔重新填词，改名为《夏日的最后一朵玫瑰》，歌词内容略带伤感。作者用夏日最后一朵玫瑰比喻爱情和青春即将凋谢，抒发对美好事物逝去的依恋的心情。我非常喜欢这首曲子，它的哀婉、伤感、依恋、深情，让人感慨不已。

在上海时，有一次刘露露老师在浦东滨江花园举办学生钢琴演奏会，包括我外孙女武可在内的一些学生上台演奏学过的乐曲。学生都演奏完了，最后大家要我也弹一曲，我没有准备，就上去弹自己学会不久的《夏日的最后一朵玫瑰》。那优美而略带伤感的旋律在厅内响起来了……

2015年8月10日

向民歌手学习

70年代，全国著名的民歌手姜秀珍到我校来进修。学校安排我与艺术系的一位老师专门辅导她，帮助她收集、整理过去发表过和演唱过的民歌，创作新的作品，指导她学习文艺理论知识。她要给中文系、艺术系的学生讲课，到外地演唱。她也成了安徽师范大学中文系、艺术系的兼职教师。

姜秀珍是我省贵池人，是罗城民歌的代表人。1960年，她到北京参加全国第三届文代会，在人民大会堂发言，她边讲边唱，受到领导和全体代表的一致好评。著名歌唱家郭兰英夸她是金嗓子，老诗人柯仲平为她即兴赋诗："安徽歌手姜秀珍，美妙之音真动听，古今歌手知多少，怎比此唱独超群。"原文化部部长周扬称赞她是"安徽的刘三姐"。国家领导人毛主席等接见了全体代表，与他们合影。在宴会上，姜秀珍向周总理敬酒，总理听她唱歌，边鼓掌边讲："好！回去为人民多编多唱！"她的民歌集《一个女歌手的歌》在1989年获第二届全国民间文学作品奖。1991年，中国民间文艺家协会为姜秀珍颁发了贡献卓著荣誉奖。

姜秀珍到我校后，就创作了诗歌《跟着华主席唱民歌》，发表在1977年第10期《诗刊》上，这是她"文革"后写的第一首诗，获得好评。后来，《光明日报》又发表了她的文章《为人民多编多唱》，影响较大。她又到北京演唱了一次，人们高兴地看到，沉寂多年的著名民歌手、安徽的刘三姐又回来了！

姜秀珍虽是农民歌手，却是全国的名人，我虽是大学教师，却是普通的人物，我们彼此尊重，相互交流，相处得很融洽。我们曾到合肥参加全省讨论民歌的会议，我在会上发了言，并为姜秀珍整理了一篇她自己创作、演唱民歌的经历和体会的文章，发表在《安徽群众文化》上。姜秀珍非常聪明，能写能唱，并善于即兴编唱。她写的民歌清新朴实，充分体现了劳动人民的本色。她的演唱内容充实，声情并茂，能拨动听众的心弦，让人有一种朴素美和愉悦感。我印象很深的是，一次陪她到芜湖师专演唱，全校师生齐聚在大礼堂内，目睹姜秀珍的风采。她在台上边讲边唱，纵情放歌，歌声清脆嘹亮，曲调优美动听，台下掌声不断。结束时，全场起立，掌声雷动，我也为之动容，真难以见到这样精彩动人的演唱！我从姜秀珍那里领会到民歌的精华，学到许多在学校里学不到的东西。与其说我在辅导姜秀珍，不如说是她在引导我，启发我，她确实是我难得的良师益友！

完成了进修和教学的任务后，姜秀珍回到家乡，继续从事编写、演唱民歌和传授接班人的活动。她给我来信，表示感谢。后来，她还来看望过我，带来了新茶。她请我到她的家乡去看看，我一直没有成行。这一生不知能否还能相见。多年以后，我看到了她的新作："一支山花摇清波，好似春姑在唱歌，早歌泡绿秋浦水，晚歌醉红杏花坡。"不禁赞叹说："真好！"

安徽的刘三姐，我永远向你学习！

2015年8月15日

女人如花花似梦

我在听梅艳芳演唱《女人花》。

《女人花》是梅艳芳的经典作品之一。优美伤感的词曲，被梅艳芳醇厚低沉而富有磁性的嗓音唱出来，传神地倾诉了一个女人的美丽和哀怨，这其实是她集华丽与悲凉于一身的人生传奇的演绎。

我经常弹奏这首曲子，每次总感到一个女人美丽之下的落差，繁华背后的凄凉，一种凄美在心中荡漾，感慨不已。

“女人如花花似梦”，一句经典的歌词，让人无限遐想。

女人如花，花开是画，花落是诗，花开花落总是情，花开花落总是美。

女人如花，少年时是含苞的花，青年时是盛开的花，中年时是风韵犹存的花，老年时是暗香仍在的花。

女人如花，容颜要像花一样妩媚，性格要像花一样温柔，气质要像花一样高雅，生命要像花一样灿烂。

女人如花，要努力怒放，哪怕在悬崖上，哪怕在山谷中，即使无人欣赏，也要吐香。

女人如花，只有一次花季，假若错过了一时，也就错过了一生。

女人如花，要有人呵护，没人呵护的花，是憔悴的花。

女人如花，每个女人都有自己美丽的梦，为了真正懂你的人，为了心中的那份情，就尽情绽放吧，让梦成真。

女人如花，虽然美丽，但随着时间流逝会逐渐凋零，“一朝春尽红颜老，花落人亡两不知。”如梦一样，随风飘去，留在记忆中。

女人如花花似梦，美丽的花，美丽的梦！

2015年9月2日

妙音仙女的天籁之音

我在聆听降央卓玛唱歌，沉醉于优美动人的天籁之音。

降央卓玛，藏族女歌手，1984年2月1日出生于四川省德格县，2005年毕业于四川音乐学院。降央在汉语里是妙音之意，卓玛是仙女之意，如今已成为名副其实的“妙音仙女下凡来”。她被誉为“天下最美的女中音”“藏族的德德玛”。

降央卓玛的歌唱堪称是天籁之音，她的歌声让人有一种大地回声的自如和清新，真可谓：“一语天然万古新，豪华落尽见真淳。”她的音域宽广，声音纯净，具有不可思议的穿透力，有与生俱来的鲜活灵动。人们形容降央卓玛的歌声“如箫音悒悒，琴声潺潺，情歌萦萦，像香甜的酥油茶，沁人心脾，愉悦身心；像母亲的摇篮曲，亲切自然，平和心境；像高山的清泉，与天地共鸣，启迪心智。”

中央电视台《人物》栏目，为降央卓玛拍摄了两集专题纪录片《藏族歌手降央卓玛》，享此殊荣实在难得。央视编导在《导演阐述》中这样写道：“降央卓玛，异域特色的身世背景，温暖宽厚的歌声，端庄从容的台风，君临天下的气度，注定她将是21世纪歌坛的一颗巨星。”

朋友们，聆听一下“心灵的歌者”“爱的天使”抒其胸臆的美妙的歌声吧，让它润泽着我们疲惫的心灵，让我们享受到无尽的快乐和喜悦！

2015年9月23日

在银色的月光下

我在聆听蔡琴演唱《在银色的月光下》。

这是一首新疆塔塔尔族的民歌，源自俄罗斯民歌。1938年，王洛宾把这首曲子改编为华语歌曲，另有黎英海改编的版本。中文版歌词是：

在那金色的沙滩上，
洒着银色的月光，
寻找往事踪影，
往事踪影迷茫。
往事踪影已迷茫，
犹如幻梦一样，
你在何处躲藏，
背弃我的姑娘，
你在何处躲藏，
背弃我的姑娘。
我骑在马儿上，
箭一样地飞翔，
飞呀飞呀我的马，
朝着她去的方向。

这是追忆背叛自己恋人的歌曲。年轻小伙子对往事深深依恋，即使自己被恋人抛弃伤害过，但时间并没磨灭他对姑娘的好感和深情，无限思忆诉诸月光下，温婉低沉，略带伤感。歌曲表现了“我”渴望找回心上人的急切心情，表达了新疆年轻人对纯洁爱情的向往和爱人背叛后无限惆怅的感觉。这首歌曲调优美，意境深远，几十年来，有多位著名歌唱家演唱过，经久不衰。朱崇懋、温可铮、戴玉强、廖昌永、彭丽媛、阎维文、腾格尔、费玉清等都唱过此歌，给人们留下深刻的印象。

我经常弹奏《在银色的月光下》。前两年，有一次，我在弹此曲时，教外孙女唱歌的王老师（原歌舞团的演员）听到了，说他喜欢这首歌，叫我伴奏，他深情地唱了起来。我是第一次当面听专业歌手唱此歌，非常动听，随着那优美而略带伤感的旋律，我仿佛看到一个年轻人骑上一匹奔驰的骏马，披着银色的月光，在寂静迷茫的夜晚，飞奔向远方……

2015年9月28日

多少感慨听雨中

我喜欢宋代词人蒋捷的《虞美人·听雨》：

少年听雨歌楼上，
红烛昏罗帐。
壮年听雨客舟中，
江阔云低断雁叫西风。

而今听雨僧庐下，
鬓已星星也。
悲欢离合总无情，
一任阶前点滴到天明。

少年时在歌楼上听雨，烛光昏暗，依偎在罗帐里听楼外淅沥雨声，壮年时在客船里听雨，江面寥廓，阴云垂空，离群的孤雁在西风中悲鸣。今天，在僧人的茅舍里听雨，两鬓斑白，回想起人生的悲欢离合，心凉似水，情感木然了，任凭台阶前一滴滴雨下到天明。

这首词以"听雨"为线索，以时间为顺序，选择了三个典型片段，反映了作者不同时期的不同生活：少年时的浪漫，壮年时的漂泊，老年时的悲凉。同是听雨，不同的年龄，不同的环境，不同的遭遇，有着迥然不同的感受。可以说，这首词概括了当时一部分中国封建社会知识分子的生活道路。

我曾在课堂上讲过诗歌形象的跳跃性，说诗人运用跳跃的形式，把许多彼此游离、遥遥相隔的形象“焊接”在一起，突破时空的限制，把历史和现实，这里和那里，连在了一起。我以蒋捷的《虞美人·听雨》为例，说明这个问题，作者把少年、壮年、晚年听雨的形象“焊接”在一起，作了大幅度的跳跃，一跳几乎就是一生，一步跨过几十年的空间，把几个生活片段，缀成完美的艺术作品。

人的一生都有听雨的经历，不同的时期，不同的境地，听雨时都有不同的感受，把它们记录下来，就是你心路的历程，生命的印证。

朋友，你在听雨吗?

2015年10月2日

怀念中年

微信上说："童年是梦，少年是歌，青年是诗，那么中年就是一部小说。看着镜中的容颜，留恋着内心的太多不舍，蓦然回首，人已中年，心中盈满了太多的温柔思念……"

我赞美中年，怀念中年！1980年，我写过一首诗《啊，中年》，用笔名"淮人"发表在学校小报副刊上。现抄录如下，看看当时对中年的感受和体会：

啊，中年，多么不幸的中年！
正当你要开花结果的时候，
却和我们祖国一起遭受灾难。
一场风暴催落了满枝花苞，
十年浩劫葬送了黄金岁月，
历史打上了痛苦的烙印，
人生留下了难补的缺陷……
啊，中年，多么不幸的中年！

啊，中年，负担沉重的中年！
工作、家务压在肩上，
菜篮、煤炉伴在身边。
一滴滴汗水涔涔地挥洒，
一根根白发悄悄地增添。

你多像一部不停的机器，
日日夜夜超负荷运转……
啊，中年，负担沉重的中年！

啊，中年，年富力壮的中年！
你承前启后，继往开来，
你是国家的支柱，社会的中坚。
说什么："人到中年万事休"，
新的长征才开始，任重道远。
莫感叹青春的绿叶已经发黄，
你还有丹心一片，豪情无限……
啊，中年，年富力强的中年！

啊，中年，大有作为的中年！
冰封雪压的寒冬已经过去，
如今正是生机勃勃的春天。
习习春风送来温暖的信息，
潇潇春雨滋润久旱的心田，
奋战吧，用你的才智蘸着心血。
为四化大业谱写新篇……
啊，中年，大有作为的中年！

2015年10月4日

一首优美的小诗

诗，要有形象和想象，形象是诗的血肉，想象是诗的翅膀。如果我们写了这样四句话：

我是轻轻悄悄地到来，
我又轻轻悄悄地离开。
你爱想起我就想起我，
你爱忘了我就忘了我。

说的都是大白话，没有形象，没有想象，不像是诗。如果要成为诗，该怎么写呢？请看下面一首诗：

别

沈紫曼

我是轻轻悄悄地到来，
像水面飘过一叶浮萍；
我又轻轻悄悄地离开，
像林中吹过一阵清风。

你爱想起我就想起我，
像想起一颗夏夜的星；
你爱忘了我就忘了我，
像忘了一个春天的梦。

作者在每一句后面都附着一个比喻，抽象化为形象，给人一个想象的空间，这就有了诗味。

作者沈紫曼（1909—1977），原名沈祖棻，别名沈紫曼。现代著名诗人、散文家、教授。20世纪30年代，她就是格律诗新诗先驱诗人之一，写的一首《别》享誉大江南北。她才华横溢，被文坛誉为江南才女。她的传世之作《涉江词》，收集其词500多首，被认为是千古绝唱。她是20世纪中华诗词界最杰出的女词人，有当代“李清照”之称。

《别》是作者写给友人的赠别诗，以平静的心情表达对别离的态度。诗人的艺术构思很好，使用了一个个比喻：“浮萍”“清风”“夏夜的星”“春天的梦”，它们都用得十分别致。诗的意境优美，婉约而不消沉，缠绵而又不失豁达，浓浓的情意，寓于洒脱的胸怀，用语浅显，诗味清新。

《别》的格律十分严谨和讲究。全诗两节，每节四行，每行九字，而且都是由四个音步组成。每节隔句对称押韵，音律和谐。此诗既有旧体诗的形式，又有新诗体的活泼自由，有很强的乐感，能够让人轻松地读出其中的韵味。

有人用一段文字来解释《别》的内容，可以一阅：

“我是你的朋友，轻轻悄悄地到来，就像水面漂过的一叶浮萍。然，我又走了，轻轻悄悄地离开了；你听：我的离去就像夏天森林里吹过的一缕清风。你能够想起我这个朋友吗？你看：我只不过是夏夜里的一颗星星；你会忘了我这个朋友吗？就像忘了春天里的一个梦那样。”

啊，朋友，我会轻轻悄悄地到来，也许有一天会轻轻悄悄地离开，但我忘不了你。即使在遥远的地方，我也会记得你灿烂的笑容，即使在朦胧的梦里，我也会看到你美丽的身影。

朋友，多年以后，你会记得我吗？

2015年11月27日

孤舟独钓寒江雪

在冰天雪地的寒冬，自然想起唐代诗人柳宗元的名作《江雪》：

千山鸟飞绝，万径人踪灭。
孤舟蓑笠翁，独钓寒江雪。

山里看不到飞鸟的影子，路上见不到行人的踪迹。大雪天里，只有一个戴着斗笠、披着蓑衣的老渔翁，驾着一只小船，在寒冷的江上独自垂钓。

我曾在课堂讲诗的意境时，以《江雪》为例来说明这个问题。“意”是指“思想情感”，包括人的“情”和“理”，属于主观上的东西。“境”是指“生活形象”，包括“人”“事”“景”“物”，属于客观上的东西。意境，就是情景交融、形象鲜明、寓意深远、具有强烈感染力的艺术境界。

在《江雪》里，作者通过“千山”“万径”“蓑笠翁”“雪”“寒江”“独钓”这些鲜明的形象，把人们带到一个壮阔而孤寂的境界中。风雪寒江中独钓的老渔翁形象，是作者精心选择的，被染上了作者自己的思想感情色彩，老渔翁孤军作战的形象，其实是诗人自身的写照。柳宗元在革新失败后，政治上遭受迫害，被贬到永州。他在《江雪》里，通过对冰天雪地险恶环境与孤独老渔翁的描写，反映了当时的政治斗争形势和自己的处境，表现了诗人虽然处于孤立也无所畏惧，但是决不向恶势力屈服的斗争精神，同时也流露出孤芳自赏的寂寞心情。正因为诗人在所描绘的形象里，渗透了自己的思想感情，所以诗里呈现的画面，就不只是客观的“境”，而是典型化了、寓托了“情”的艺术境界，这就是情景交融、主客统一的意境。

2015年11月28日

唯美动人的《车站》

听了婉约派歌手李健的《车站》，我被打动了。歌词富有画面感和意境美，李健沉静温暖的歌声缓缓流出，让人意犹未尽。

《车站》是一首日语老歌，风靡了日本三十年，被翻唱了许多版本。它的词曲作者竹内玛利亚，是歌手，也是多才多艺的音乐人。《车站》的原唱是日本著名的歌手、演员中森明莱。原版日语歌词讲的是这样的故事：我在下雨的车站，偶遇分手两年的男友，看到他熟悉的雨衣，成熟许多的眼神，依然不变的侧颜，我对他深深的爱恋和痛苦再次浮现在眼前。歌手稍显哀怨的嗓音，听起来很深情，让人不忍。竹内玛利亚后来也唱了这首自己写的歌，被认为是最迷人的版本。

这首从女性视角写重逢前男友的歌，是不适合男声来翻唱的。所以，李健在翻唱时，亲自填词，在立意上有变化。他唱的《车站》，不再是日语版那种只关于爱情和重逢的歌曲，而是上升了一个境界，表达了人与人之间的际遇：人生像不停止的飞奔列车，那些我们经过的短暂的站台，也终究会离开，爱恨聚散，相遇分离，这一幕幕的人生戏剧，总会在车站留下印记，也总会随着人们的离开被记忆带走，而那所有的相遇又别离的记忆，永远值得留念。

听了这位音乐诗人唱的最后两个字“再见”，是不是百感交集呢？

2015年12月5日

写给胡耀邦的一首歌

《好大一棵树》创作于1989年，是一首广为流传的好歌，曾获中国广播电视协会最佳作词奖，中国十大金曲奖。

很多人认为《好大一棵树》的原唱是田震，这是误解。这首歌最早是由歌手张晓梅在1990年春节晚会上演唱，后来经过田震、那英等翻唱流传开来。张晓梅是沈阳歌舞团的歌手，20世纪80年代就曾举办过个人演唱会。春晚后，张晓梅因声带出现问题，不得不在事业最辉煌的时候退隐舞台。20年后，2012年她又在湖南卫视《女人如歌》第六期亮相，再唱《好大一棵树》，风采不减当年。

很多人认为《好大一棵树》是一首专门唱给老师的歌，其实不然，这首歌是写给胡耀邦的。著名词作家、中央电视台文艺部资深掌门人邹友开于1989年4月15日在返京的火车上突然听到广播里播报胡耀邦病逝的消息，十分悲痛，含泪写了一首诗《好大一棵树》。后来被配上曲调并流传开来。这首歌通过托物言志的手法，表达了对伟人胡耀邦的敬仰和怀念之情，寓意深刻，感动人心。《好大一棵树》是胡耀邦人生的真实写照和真我本色。

《好大一棵树》经过田震的重新演绎以及拍摄的歌曲MV爆红。MV里那位朴实的人民教师的形象令人印象深刻，《好大一棵树》走进千家万户，自此就成为每年教师节的主题曲。这也就是人们认为这首歌是专门唱给教师的缘故。

《好大一棵树》的作曲者，一般都标明是伍嘉冀，这是不确切的。

《好大一棵树》的音乐改编自日本的歌曲《大空と大地の中で》（《在天空与大地之间》）。作曲者松山千春，是日本老牌歌手、演员，因此，《好大一棵树》的真正作者应当是松山千春。

2015年12月17日

轻轻一鞭，打出不朽之作

我很喜欢弹《在那遥远的地方》。有次我在弹琴，一位远方的朋友打来电话表示问候，知道我在弹琴，说弹首曲子听听吧，我随手就弹起了《在那遥远的地方》，对方听了，说：“这首老歌很好听，让人唤起了遥远的青春记忆。”

《在那遥远的地方》是西部歌王王洛宾创作的一首作品，曲调源于哈萨克族民歌。它是电影《小城之春》的插曲。后来，它成为世界范围内传唱最广的华人歌曲之一。它是王洛宾最珍视的歌，也是王洛宾所有创作歌曲中艺术评价最高的作品，被赞为“艺术里的珍品，皇冠上的明珠”。

《在那遥远的地方》的诞生带有传奇色彩。1939年，王洛宾协助著名导演郑君里在青海湖畔拍摄抗战纪录片《民族万岁》时，认识了17岁的天真活泼的藏族姑娘卓玛。她是当地一位藏族千户的三女儿。卓玛出演牧羊女，王洛宾出演她的帮工。在拍摄过程中，两人共骑一马，在青海湖边奔驰，卓玛举起手中的牧羊鞭，轻轻地打了王洛宾一鞭子，然后飞快地催马跑走了。卓玛这个美丽又奔放的藏族姑娘，在歌王的心里留下了永远难忘的一鞭。两人分离之后，王洛宾在回西宁的路上怅然若失，他坐在骆驼背上，突然想起卓玛为他清唱过的一首哈萨克民歌《羊群里躺着思念你的人》，这时卓玛的形象在他心中升腾，形象和旋律水乳交融，使他产生了创作歌曲的欲望，于是他耗时三个晚上，借助民歌的旋律写成了传世之作《在那遥远的地方》。

1996年，王洛宾去世。2009年夏，王洛宾音乐纪念馆在青海湖畔的金银滩旁落成，《在那遥远的地方》的歌词和曲谱被镌刻在纪念馆的外墙上。

经典歌曲《在那遥远的地方》，描述了爱情的美好和纯真，旋律优美，悦耳动听，仿佛蓝天中的百灵婉转歌唱，犹如天籁。这首浪漫的歌曲，是一个多情诗人的心灵独白，是一个伟大音乐家的神来之笔，具有永恒的审美价值。

每次弹奏《在那遥远的地方》，都感慨不已，无限遐想。青春的花园已经荒凉，动人的旋律唤起了许多陈年旧事：故乡，田野，山岗，小河，树林，花草，还有那种纯真和朴实的情感。每个人的心里，都有一个“遥远的地方”，在那里，有我们的青春，我们的爱情，我们的希望，我们的梦想。此时，悠扬的琴声在心头响起，如诗，如画，如梦，如幻……

2016年3月11日

真的好想你

在视频中，看到歌手周冰倩二十年后再唱一曲《真的好想你》。

周冰倩，1969年出生于上海，毕业于上海音乐学院。虽然学的是二胡专业，却同时是上海流行乐坛最具代表性的歌手，是中国歌坛才女。1991年，赴日本发展音乐事业，在日本频频获奖，其歌声被誉为“邓丽君第二”。1989年获全国十五省声乐比赛特别奖。1996年参加央视元宵晚会，一曲《真的好想你》唱遍大江南北。

周冰倩到日本后，身在异国他乡，深切体会到孤寂。当时，她还是广州白天鹅公司的签约歌手，广州词曲作者杨湘粤和李汉颖得知她“身在曹营心在汉”的心情，就把写好的《真的好想你》传真到了她手里，她觉得这首作品把她心中的那种欲吐不能的思念充分地表达了出来。于是，她就飞回上海，到广州录制《真的好想你》。

《真的好想你》背后还有个真实的故事。这首歌曲在1996年的央视元宵晚会上唱红后，1996年3月26日下午，喜欢这首歌的四川退休老师谢炳忠，突患脑溢血昏迷在地，在病床上昏迷了六天六夜，医生吩咐他的家人准备后事。痛苦无奈中，他的妻子邓平贴在丈夫耳边轻轻唱起他最喜欢的歌曲《真的好想你》，结果，奇迹发生了，谢炳忠竟在歌声中缓缓醒过来。《华西都市报》随即以《一首歌救活一个老人》的独家报道轰动全国。几天后，周冰倩手捧鲜花，专程从上海赶赴成都看望谢老师，谢炳忠挥毫写了一首诗《乐缘》回赠：“你用琴弦拨动了心灵 / 你以歌声呼唤了生命 / 忘年之交情感的共鸣 / 永生难忘音乐的缘分。”成都几家媒体的记者亲历了那感人的场面。那以后，周冰倩与四川结下了深深的缘，她与老人成了忘年之交。

我很喜欢这首歌，觉得词和曲都很好，很快就学会了弹这首歌。到北京后，我还经常弹起这首歌。如今，听了原唱者动情地演唱这首优美动人的歌曲，我感到很亲切。周冰倩的嗓音独特，饱满而富有磁性；演唱风格婉约缠绵，细腻动人。朋友们，请聆听这首经典老歌吧，特别是当你思念亲人、朋友的时候！

2016年3月20日

你的眼神

在视频中，听了乌兰图雅35年后再唱《你的眼神》，别有韵味：

像一阵细雨洒落我心底
那感觉如此神秘
我不禁抬起头看着你
而你并不露痕迹
虽然不言不语
叫人难忘记
那是你的眼神
明亮又美丽
啊，友情天地
我满心欢喜

乌兰图雅，别名“蒙古之花”，出生于内蒙古科尔沁草原，是蒙古族青年歌手代表，被称为“草原新民歌天后”，曾获环球旅游音乐榜颁奖盛典最佳新锐歌手奖。2014年在央视春晚上演唱《套马杆》。

《你的眼神》是我喜欢的一首经典歌曲。当年，在上海，刘老师教我们弹这首乐曲。以前，我在碟片中听过著名歌星沈小岑演唱《你的眼神》，她的唱腔抒情委婉，给人以深刻的印象。后来，台湾著名歌手蔡琴演唱了《你的眼神》，她的演唱可以说是经典。蔡琴在1981年把《你的眼神》作为第三张个人专辑的同名主打歌，专辑发行后，这首歌就红遍大江南北，以至于人们都把蔡琴作为《你的眼神》的原唱者。《你的眼神》是蔡琴最浪漫的情歌之一，被她演绎得荡气回肠。她波澜不惊的歌声，有一种古典的浪漫，一种优雅的感伤。我是第一次听乌兰图雅唱《你的眼神》。她的歌声别有韵味，似乎有一种广阔草原芬芳的气息，与蔡琴那种低回委婉、淳厚沉稳的嗓音不同，给人完全不一样的感觉。

经典老歌就像岁月美酒，越是久远，越是醇香。《你的眼神》这首歌从20世纪80年代初唱红后，30多年来经久不衰，被许多歌手翻唱，广为流传。我平时也喜欢弹《你的眼神》，那优美的歌词和旋律，让人感到一种温馨，一种柔美。那“明亮又美丽”的眼神，含情脉脉，虽不言不语，却让人难忘。“友情天地，我满心欢喜”。愿你的眼神，永远温柔，慰帖人心！

2016年3月22日

一曲《小路》诉心声

《小路》是苏联卫国战争时期的一首著名歌曲。1951年，这首歌被翻译成中文后很快就流传开来，甚至到家喻户晓的地步，其在中国流行的程度远远超过它本国。

《小路》描述了年轻的姑娘要追随心上人一起上战场打击敌人的场景。一个姑娘在弯弯曲曲的小路上思念着爱人，他在远方冒着枪林弹雨勇敢杀敌，她愿变成小鸟飞到爱人身边，为他包扎伤口，把他从炮火中救出。这首歌表达了苏联人民同仇敌忾打击侵略者的决心和勇气，以及对亲人忠贞不渝的爱情。

《小路》是谢苗诺娃作词，查哈罗夫谱曲的。歌词朴素无华，情深意切，曲调节奏舒缓，旋律委婉，带有淡淡的忧伤，优美而不柔弱，情深而不缱绻。

《小路》在我国流行后，被很多歌手翻唱。人们认为，独唱最好的是关牧村，合唱最好的是黑鸭子组合。当代著名女中音青年歌唱家钟丽燕集美声、民族、通俗唱法于一身，音色淳厚，极富乐感。她演唱的《小路》，非常动听，给人留下深刻的印象。另外，为人称道的是口哨曲《小路》，用口哨音乐的艺术形式表现世界经典乐曲，声情并茂，别有韵味，真是美醉了！

聆听《小路》，我们好像听到那位思念爱人情真意切的姑娘在唱着她的心声："一条小路曲曲弯弯细又长，一直通向迷雾的远方，我要沿着这条细长的小路，跟着我的爱人上战场"。我们仿佛在炮火中看到一位坚强的女性，感受到那份美丽的爱情。这委婉而不伤感的乐曲，给人一种向往美好、战胜困难的勇气，也让人褪去了尘世的浮嚣，感受到一种宁静、几许柔情。我沉醉于这宛如山林田园间的天籁之音的旋律中……

2016年4月1日

今日君又来

我爱弹《何日君再来》，不为别的，只为怀念“君”——邓丽君。

天下谁人不识君？有华人的地方，就有邓丽君的歌声。从黑发到鬓如雪，几十年风雨过去，君之歌声一直响在许多人的耳边。

人生的旅程上，总有一根长藤在延伸着，缠绕着，让你的心中始终有一丝牵挂，回味美好的往事，怀念曾经的记忆。邓丽君就是牵挂中耀眼的一位。一想听歌，她的身影就自然而清晰地出现在眼前。滚滚乐坛中，又怎能忘却最美丽的“君”呢？

人生苦短，红尘无奈，多需要邓丽君那样甜美的歌声来驱散俗世的一切烦扰，抚慰我们期待柔情的心灵，让人们找到温暖的家园。

请大家来听听邓丽君演唱的古诗词方面的歌曲吧。

1983年发行的《淡淡幽情》是邓丽君唯一的古典诗词唱片，也是她亲身参与策划的第一张唱片。她用历久流传的古诗词作为歌词，请一些港台名家作曲，专门精心制作，将璀璨的中国古典文化向全世界传播，这可谓“空前的创举”。这是邓丽君演艺事业处于巅峰时期的经典之作，是一张最具邓氏特色的专辑，充分彰显出邓丽君情歌演唱的绝代才情和旷世才华。

《淡淡幽情》包括12首古典诗词歌曲。这些古典诗词名作与现代流行音乐配合，被一代歌后用幽幽情怀唱出来，典雅而温柔，是华语中的经典，更成为几代人甜蜜的回忆。

君慰我心，君伴我左右。任岁月匆匆流去，记忆里仍然是那甜美的笑容和动人的歌声。

何日君再来？何必再问这个问题，因为在人们的心里，“君”从来不曾离开。

君声君影何处追寻？且看这视频，听这演唱……

2016年5月15日

古诗新画　耐人寻味

丰子恺（1898—1975），原名丰润，浙江桐乡人，毕业于浙江省立第一师范学校，现代著名漫画家、散文家、美术家和音乐教育家、书法家、翻译家，是一位在多方面卓有成就的文艺大师。丰子恺是中国现代漫画的开拓者，他的漫画风格简易朴素，意境隽永丰富，雅俗共赏，老少皆宜。他的漫画作品很多，我比较喜欢其中的“古诗新画”。古诗新画是以古诗词为画题的风景人物画作，题的是古诗词句，画的是现代的人物，诗中有画，画中有诗，以诗趣营造画境，以画趣表现诗境，诗画交融，相得益彰。

丰子恺的古诗新画，寥寥数笔，人物风情跃然纸上，小中能见大，弦外有余音。画中人没有画出脸面五官的表情，而是让看画的人自己去推想，这就达到了朴素无华而能引人回忆和思索的艺术效果。民国时期有专家评论说“丰子恺画画不要脸”，一语道出了丰子恺漫画的特点。后来“不要脸”的漫画传到印度，颇得大诗人泰戈尔的激赏，他说：“这几幅画，就是用寥寥的几笔写出人物的个性。脸上没有眼睛，我们可以看出他在看什么；没有耳朵，可以看出他在听什么，高度艺术所表现的境地，就是这样！”

我选了几张画，与朋友们共享。并对画中的诗词句逐一作简要说明。

天涯静处无征战，兵气销为日月光。

出自唐代诗人常建的《塞下曲四首·其一》，说边远地方停止了战争，烽烟消散，到处充满日月的清辉。化干戈为玉帛，得到和平与安定。

不畏浮云遮望眼，自缘身在最高层。

出自宋代诗人王安石的诗《登飞来峰》，说不怕会有浮云遮住了远望的视线，因为人已经站在最高层的地方。高瞻远瞩的人，不会被事物的假象迷惑。

一肩担尽古今愁。

出自清代诗人袁枚的七律《绝命词》："两脚踢翻尘世路，一肩担尽古今愁"，说"我"的肩膀担得起古今的所有忧愁，即世间的忧愁，在"我"看来都不算什么。全诗显露出作者的慈悲胸襟和才子志士的自负豪情。

春日游，杏花吹满头。

出自唐末诗人韦庄的词《思帝乡》，说春日踏青郊游，在田间路上，微风吹来枝头的片片杏花，花雨飘洒在少女的头上。全词抒写一个少女热烈追求爱情的情怀。

月上柳梢头。

出自宋代诗人欧阳修的词《生查子·元夕》："月上柳梢头，人约黄昏后"，去年元宵夜，月儿升在柳树梢头，心上人约我黄昏之后共叙衷肠。

一枝红杏出墙来。

出自宋代诗人叶绍翁的七绝《游园不值》：“春色满园关不住，一枝红杏出墙来”，说满园的花所代表的春色是关不住的，一枝红色杏花已经早早探出墙来。再高的墙，也挡不住天地生机。

今夜故人来不来，教人立尽梧桐影。

出自唐五代诗人吕岩的《梧桐影》，词作者是传说中八仙之一的吕洞宾。说今天晚上朋友到底还会不会来啊，让人立在梧桐树下直到树影散尽。写出诗人久盼故人不至而又舍不得离开的心情。

无言独上西楼。

出自南唐后主李煜的词《相见欢》：“无言独上西楼，月如钩”，说默默无言，独自一人登上空空的西楼，抬头望天，只有一弯如钩的冷月相伴。写出作者内心的孤寂和凄婉。

人散后，一钩新月天如水。

出自宋朝诗人谢逸的词《千秋岁・夏景》，写夏日景，隐含怀人的幽思和闲逸的生活情趣。歌舞散后，唯见远天如水，新月如钩。（词中原句是“一钩淡月天如水”）

儿童教学归来早，忙趁东风放纸鸢。

出自清代诗人高鼎的《村居》，村里的孩子早早就放学回家了，赶紧趁着东风放起了风筝。全诗描绘了一幅充满生机、春意盎然的农村生活图画。

触目横斜千万朵，赏心只有两三枝。

出自清代诗画家李方膺（“扬州八怪”之一）的《梅花》，映入眼帘的梅花的横斜交叉千万朵，真正能够让人赏心悦目的不过是两三枝。说明眼光之高，看到的很多，喜欢的很少。

好鸟枝头亦朋友。

出自宋代诗人翁森的《四时读书乐·春》：“好鸟枝头亦朋友，落花水面皆文章”，树枝上可爱的小鸟，也是我们的好朋友，值得亲近；飘落水面的片片花儿都成了好文章，值得欣赏。表达春天读书的愉快情怀，也启示我们要善于发现、欣赏大自然的美。

翠拂行人首。

出自宋代词人宋祁的《锦缠道·春游》：“柳展宫眉，翠拂行人首”，柳叶如眉，翠绿的柳条拂在路人的头上。全词写春日出游所见、所闻与所感。

严霜烈日皆经过，次第春风到草庐。

出自《儒林外史》，名士吕仲实先生（元代诗人吕恩诚）所写。当严霜和烈日都经历过后，春风就要吹到草屋来，明媚的春光就会普照人间。表明只有经过艰难困苦，才能迎来幸福，有所收获。

相逢意气为君饮，系马高楼垂柳边。

出自唐代诗人王维的《少年行·其一》，少年游侠相逢时意气投合，把马拴在酒楼下的垂柳边，开怀畅饮，要为对方干上一杯酒。抒写少年的豪迈之情。

流光容易把人抛，红了樱桃，绿了芭蕉。

出自宋代词人蒋捷的《一剪梅·舟过吴江》，流失的光阴容易把人抛在后面，转眼又催红了樱桃，染绿了芭蕉，春去夏又到。年华易逝，岁月无情。

旧时王谢堂前燕。

出自唐代诗人刘禹锡的《乌衣巷》："旧时王谢堂前燕，飞入寻常百姓家"。晋代时王谢两大家族的堂前燕子，而今筑窝飞入普通百姓的家中。感慨沧海桑田，人生多变。

落红不是无情物，化作春泥更护花。

出自清代诗人龚自珍的《己亥杂诗》，落花纷纷不是无情之物，落在泥土里成了肥料，还可以哺育出更多的新花。表达自己虽前途不畅也不忘报国的情怀。

2016年6月8日

水中女神

睡莲，又称子午莲、水芹花，是水生花卉中的名贵花卉。叶和花浮在水面上，因昼舒夜卷而被誉为“花中睡美人”。睡莲是埃及国花，被埃及人称为“尼罗河的新娘”。睡莲，花色艳丽，姿态楚楚动人，在一池碧水中宛如冰肌脱俗的少女，又被赞誉为“水中女神”。

写小诗《睡莲》，咏之：

夜色深沉枕波眠，
轻舞花叶任缠绵。
晓来红霞展笑容，
应是仙子落人间。

2016年6月10日

不爱，可以这么美

看到一篇微文：《千古绝情诗：不爱，可以这么美》，文中提到了一些表达爱情中失恋、落寞等情景的句子，有些写得悱恻凄美，历来为人们称道。我将这些诗句逐一作点说明。文中少数处不确切，如有的诗句不是古人写的，有的诗句并非写爱情的。

（一）从此山水不相逢，莫道彼此长和短。

最早出处不知。意为：从此以后两人不再有什么关系了，也不要说对方的优点或缺点。

据说秦汉得知林青霞结婚时，流下两行清泪，说：从此山水不相逢，莫道彼此长和短。也就是从此各自生活，擦肩而过吧。此语含义有些凄凉，或者说无奈、失落、决绝，令人不忍回首。

（二）我本将心照明月，奈何明月照沟渠。

出处：元・高明《琵琶记》。意为：我好心好意地对待你，你却无动于衷，毫不领情。自己的真心付出没有得到应有的回报和尊重。这是一句流传很广的诗句，在文学作品中多次被引用过。

（三）落花有意随流水，流水无情恋落花。

出处：宋・释惟白《续传灯录：温州龙翔竹庵土珪禅师》。意为：一方有意，一方无情。最初说的是禅理，后来更多的用来描述情感，指一厢情愿的恋爱。

（四）只将白首更搔短，不许相思比夜长。

这不是古诗句，是现代人写的《鹧鸪天》一词中的话。意为：只需要把白头发再次搔的更短，不许有比夜晚还长的相思。也就是说作者不希望对自己念念不忘，思念时就挠头罢了。其实，这正是表明了作者对对方的无限相思之情。

（五）还君明珠双泪垂，恨不相逢未嫁时。

出处：唐·张籍《节妇吟》。意为：归还你送的一对明珠，我两眼泪涟涟，遗憾没有遇到你在我没有出嫁的时候。

此诗表面上是描写了一位忠于丈夫的妻子，最后拒绝了一位多情男子的追求，实际上是表达了作者忠于朝廷，不被藩镇高官拉拢、收买的决心。

（六）曾经沧海难为水，除却巫山不是云。

出处：唐·元稹《离思五首·其四》。意为：曾经领略过苍茫的大海，就觉得别处水相形见绌，曾经领略过巫山的云彩，就觉得别处的云黯然失色。

此两句是千古佳句。作者用沧海之水、巫山之云来隐喻爱情之深广笃厚。见过大海、巫山，别处的水和云就难看上眼了，除了爱妻之外，再也没有能使自己动情的女子了。

（七）山有木兮木有枝，心悦君兮君不知。

出处：《越人歌》。意为：山上有树木，而树上有树枝，（这人人都知道），可是我这么喜欢你啊，你却不知。前句没有什么具体的意思，用以引起下句，是说山木有知而人不知。

《越人歌》是中国文学史上较早的歌颂恋情的诗歌。

（八）物情今已见，从此愿忘言。

出处：唐·王昌龄《寄赵正字》（一说作者是孟浩然）。意为：一切的情致，今天见了，从今以后已无言了。此诗是作者写给知己朋友的诗，不是描写男女之情。

（九）等闲变却故人心，却道故人心易变。

出处：清·纳兰性德《木兰词·拟古决绝词柬友》。意为：负心人自己轻易地变了心，却反而说情人间本来就是容易变心的。这首词写的是一个失恋的女子对薄情郎的谴责。

（十）易求无价宝，难得有心郎。

出处：唐·鱼玄机《赠邻女》。意为：即使是极为珍贵的无价之宝也还容易得到，而人世间最难得到的便是有真心有真情的男子。此诗是写女子被遗弃的怨愤，这两句是女诗人的名句。

2017年6月12日

夜雨情怀

每当夜晚下雨，听雨敲窗，总是想起蔡琴唱的《被遗忘的时光》：“是谁在敲打我窗，是谁在撩动琴弦，那一段被遗忘的时光，渐渐地回升出我心坎……”。《被遗忘的时光》是蔡琴唱的一首经典歌曲，收录于专辑《出塞曲》，1979年发行。这首歌是民间歌手陈宏铭创作的，当时的他还是在校大学生，蔡琴唱此曲，并不引人注意。后来，这首歌作为电影《无间道》的插曲，一下红了起来，成为蔡琴的代表作品之一，并被众人翻唱。“丝绒歌后”蔡琴的嗓音低回委婉，淳厚沉稳，极富感染力。她的优雅风韵和经典歌喉，成就了一代人供奉心中的岁月金曲。蔡琴在唱《被遗忘的时光》时，优美的歌喉倾诉着对往昔欢乐情景的怀念，吐露出一种淡淡的哀伤。人的一生中，有许多被遗忘的时光，不论是欢乐的，还是悲伤的，其实有些并没有遗忘，而是一直藏在心底，一旦被某种东西触发，回忆之幕便打开了，那往日的情景，就会浮现在脑海，让人回味、惆怅……

听雨时，当然并不只是想到蔡琴的歌声，还可以想到很多东西。有人说，西方人长于虚幻的听觉，中国人长于自然的听觉，中国人最能从蟀叫蛙鸣、花开花落，尤其是滴答的雨声中听出无尽的意思来。我爱雨，爱雨天的幽静和迷离，爱雨天的诗意和思念。今夜，窗外滴滴答答，是雨声，还是心音？

2016年6月20日

江城致辞

——在安徽师范大学中文系75级2班毕业三十八周年聚会上的讲话

各位领导、老师、同学们：

大家好！我曾经犹豫不定：天热，路远，人老，去不去参加75级2班同学的聚会？今天，我来了，因为我想看看四十年前在峄山农场共同学习、生活的亲爱的同学们；我来了，因为我不愿意让一直为聚会奔忙、希望大家都来参加的班长王锡九感到失望；我来了，因为我知道我和同学们今生有缘相识，下辈子恐怕不会再见面了。

同学们，当年，我们走到一起，那是我们生命中美好的相遇，今天，我们欢聚一堂，这是我们人生中难得的盛宴。聚会使我们重温起一同走过的日子。峄山的蓝天白云作证，我们在青春飞扬的岁月中，结下了深厚的师生情谊，地久天长，永远都是一杯醇香浓郁的红酒，让人激情荡漾，回味久长！

同学们，弹指间，三十八年过去。飞逝的时光带走了珍贵的往事，也留下了美丽的回忆。你们曾作为社会的中坚，为生活而奔波，为事业而忙碌，奋力拼搏了大半生，我对你们的辛勤劳动表示敬意，为你们的光辉业绩感到骄傲。在生活中，你们也许有过失意，有过遗憾，但不必介意，一切都是瞬息，一切都会过去，而那过去了的就会变成亲切的怀念。再回首，淡然一笑，看今朝，继续努力，我们要在追梦路上，激情满怀，永远前进。

同学们，我要送给大家一句阿拉伯的格言：“有两种东西丧失之后，才会发现它们的价值：青春和健康。”

青春，我们年龄上的青春，已像小鸟一样飞走了，但我们心理上的青春，却可以“青山不老，绿水长流”。只要保持良好的心态，静听花开花落，坐看云卷云舒，就会让青春的心境成为生命中一道不变的风景。

健康，我们千万不可忽视，因为“健康是人生的第一财富”。我们要保重身体，珍惜生命，做到人健如山，心静似水，在滚滚红尘中，潇洒地淡定地走完一生。

人们说，相见不如怀念，今天我要说，相见胜过怀念。人生中能几回相见，让我们珍重这十分难得的相见吧！

最后，祝大家过得健康，过得开心，过得年轻，过得漂亮！

2016年8月25日

聚会小记

当年相遇在峄山，
今日重逢聚江城。
千里迢迢不辞劳，
只为师生情谊深。

8月24日，我到芜湖参加75级2班同学聚会，27日返京。聚会的情景，清晰如昨。那欢乐的场面，热烈的气氛，使我的心久久不能平静。

三十八年，岁月匆匆，多少往事，多少情怀，不思量，自难忘。当年，峄山相遇是黑发，今日，江城重逢已白首，百感交集，恍然如梦。

1975年，我们从四面八方，来到峄山农场，共同学习、生活，朝夕相处，打成一片。我和同学们在特殊的年代，特殊的环境中，结下了深厚的情谊，亦师，亦兄，亦友，那是一种另类的情，一份美丽的缘。经过风雨的洗礼，岁月的沉淀，这份师生情，割不断，分不开，恰如陈年的美酒，愈久愈醇香，愈久愈珍贵。

我有六年未回芜湖，从北国归来，一踏上江南的土地，犹如投入母亲的怀抱。赭山青松招手，镜湖碧波含笑，美丽的江城，热情欢迎。聚会期间，大家参观了旧校区的教学大楼、宿舍、食堂，参观了新校区的图书馆、校史展、博物馆，旧貌新颜，令人悦目。游览了芜湖雕塑公园、滨江公园，悠然漫步，清新优雅。

最难忘的是，驱车宣城，看看四十年前学习、生活的峄山农场。农场旁边盖了许多房屋，成了村落。青山依旧，绿树犹存，荒草遍地，足迹难觅。一些房屋仍在，经风吹雨打，墙面斑驳，已经陈旧。广播站，再无声响，厨房，也冒不出一缕炊烟。教室空荡，宿舍已四周围住，成了养鸡场。操场上盖了房子，那篮球架子哪里去了？当年热闹非凡的峄山农场啊，再也听不到读书的声音，再也看不到活动的身影。还有，那洗衣的水塘呢？那开花的梨园呢？那晨曦里锻炼的大道呢？那月光下散步的小径呢？故地重游，给我们的是，往事的回忆，岁月的沧桑。让我们感受的是，熟悉而又陌生，亲切而又惆怅。峄山农场虽然显得荒凉，但是我们的心却不感到失落。白云还在飘扬，松涛仍在呼啸，我们相信，在这块土地上，还会盛开着青春之花，还会荡漾着欢声笑语，随着时代的发展，峄山定会放出灿烂的光芒！再见吧，峄山，我们期待着你美丽的明天！

聚会中，大家叙别情，诉衷肠，千言万语，说不尽峄山情怀，万语千言，道不完人生得失。天下没有不散的筵席，相见时难别亦难，会散人走，总会留下许多伤感。没有关系，相聚是短暂的，情谊是永恒的。“流水不因石而阻，友情不因远而疏”，深深师生情，浓浓同窗谊，将永远铭记在心中。待他年，重聚首，再牵手，人生路上永向前。

2016年8月30日

珠城赠言

——给中文75级3班同学们

大家好！教师节之际，秋风送我回到家乡蚌埠，参加了你们的聚会，我十分高兴，因为见到了四十年前在峄山农场共同学习、生活的亲爱的同学们！

多少年来，我们天各一方，只能相望。此时，我们走出网络的虚幻世界，在金秋时节见面了。当年是黑发，今日已白首，彼此如同一面镜子，瞬间照出了岁月的无情流逝。

同学们已进入花甲之岁，我也走到古稀之年，我们在叹息年华似水的同时，也欣喜地感受到，往昔在特殊的时代、特殊的环境里，结成的深厚的师生情谊，而今仍在散发出浓郁的芳香，让人沉醉于其中。大千世界里，我们有幸相识，在茫茫人海中，我们成为师生。只因为有了一份缘分，我们从四面八方走到一起，从陌生变成了熟悉，从此，我们的心中，就多了一份深深的怀念，多了一份甜甜的回忆。珍惜吧，这难得的缘分，铭记吧，这异样的情谊！

与同学们相聚，千言万语涌上心头。我只想跟大家说这样的话：人生两个宝，心态好，身体好，切莫丢掉了。

心态决定命运。一个人有什么样的精神状态，就会产生什么样的生活现实。人与人之间并没有太大的区别，真正的区别在于心态。世上，有二十岁的枯木，也有八十岁的常青树。何以如此？在乎心态矣。人老，心年轻，就会“青山不老，绿水长流”。

要心态好，就要注意：欲望不要太多，生命这条小舟装载不了太多的东西。不要与人攀比，在世界上，每个人都是独一无二的风景。要学会忘记，如果不忘记许多，人生就无法继续。

我们要有一颗平常心，繁华三千，看淡即是云烟；烦恼无数，想开就是晴天。不管什么时候，什么地方，心态都是豁达和淡然，这才是人生的真谛。

身体是生命的载体，是事业的本钱。身体健康，才有幸福，才拥有快乐的人生。健康第一要活得长，第二要活得好。活得长不长，活得质量高不高，取决于对健康的看法以及自己的生活方式。爱默生说得好："健康是人生的第一财富。"千万不要丢掉。

有了健康并不等于有了一切，没有健康就等于没有一切。人生有四个存折：健康、情感、事业和金钱。如果健康消失了，其他的存折就会过期。我衷心希望，大家一定要保重身体，珍惜生命。身健如山，心静似水，笑看世界，淡定从容，这是人生的最高境界，让我们努力争取达到这个境界吧！

祝大家一生安康，快乐！

2016年9月10日

前　缘

人若真能转世
世间若真有轮回
那么　我爱
我们前生曾经是什么
你若曾是江南采莲的女子
我必是你皓腕下错过的那一朵
你若曾是那个逃学的顽童
我必是从你袋中掉落的那颗崭新的弹珠
在路旁草丛里
目送你毫不知情地远去
你若曾是面壁的高僧
我必是殿前的那一炷香
焚烧着　陪伴过你一段静穆的时光
因此
今生相逢
总觉得有些前缘未尽
却又很恍惚
无法仔细地去分辨
无法一一地向你说出

这是著名诗人席慕蓉的一首佳作，借前生的存在表达她对意中人炽烈的爱恋。“我们前生曾经是什么”？原来，在前生我们并不陌生，曾经相遇过，我爱恋你。但是，这爱恋曾被忽视：“你若曾是江南采莲的女子，我必是你皓腕下错过的那一朵”；这爱恋含着埋怨：“你若曾是那个逃学的顽童，我必是从你袋中掉落的那颗崭新的弹珠，在路旁草丛里，目送你毫不知情地远去”；这爱恋甘愿牺牲：“你若曾是面壁的高僧，我必是殿前的那一炷香，焚烧着，陪伴过你一段静穆的时光”。前生的相遇，竟那么匆匆，那么模糊，似梦似幻，若有若无。往昔的纠结缠绵，已无法辨分，无法说出，但难以割舍的前缘始终在心中浮沉，隔了一个轮回的距离，我也没有忘记你，即使在人群中我也能将你一眼认出。这是一份深挚的爱，一份凄美的爱，曾经的期望变成遗憾，多年以后化幻为美丽的思念。前缘未终，今生尚能再续？

席慕蓉的诗清晰、淡雅。流畅易懂的文字低声诉说这心中的情愫，那如梦般挥之不去的哀伤，那如水般缠绵不息的柔情，拨动着人们的心弦。几十年后，再读她的诗，依然能听到那温婉动人、韵律不老的吟唱……

2016年9月19日

三十年前的一堂课

三十年前的一堂课，叫人怀念到如今。

1986年，我带中文86届的一个小组到师大附中实习。每个同学选一篇课文，写详细教案。教师逐一审查，提出意见，加以修改。教案通过后，进行试教，然后正式上课。当时要搞一次公开教学。我挑选了一位同学：形象好，普通话好，试教效果好。这位同学教的课是白居易的《琵琶行》。我预感，喜欢唱歌、善于抒情的这位同学，教富有音乐性的《琵琶行》，效果是不错的。

那天，公开教学开始，附中领导和教师参加，我请了师大学校领导和中文系老师来听课，教室的后面坐满了人。教课的同学举止大方，教态自然，用清晰、流畅而富有感情的语言，一下子就把学生带入了《琵琶行》的艺术境界，把诗篇中弥漫的抑郁悲凄之情淋漓尽致地表达出来了。我被深深地吸引了，产生了强烈的共鸣。我很满意这堂课，比我想得还要好。

课后开了评议会。大家议论纷纷，好评不断，一致认为，这堂课讲得很成功，很精彩。附中领导大力赞扬讲课的同学，最后还情不自禁地对指导教师的我说出了“致敬”的话来。

晚上，我感慨之余，写了一首小诗：

听君一曲琵琶行，
心潮不平百感生。
无边秋色浑扫去，

春江花夜月华明。

第二天，我破例地奖励了这位同学，赠给了一个笔记本，一支笔，一首诗，还在本子上抄录了普希金的小诗《假如生活欺骗了你》。感谢这位同学的精彩一课，为指导老师争光，为中文系争光，为师大争光。

这位同学毕业后，分配到马鞍山当老师，后来调回师大，从事教学、行政工作，各个方面表现都很出色。这是我很欣赏很看重的一位集学生、同事、领导三位一体的益友。

上个月我回芜湖，参加中文75级2班同学聚会，当年的那位同学请我到家里，我看到了一直珍藏了三十年的那个笔记本、那支笔、那首诗，还有普希金的《假如生活欺骗了你》。年华流逝了多少年，一些事物都已如梦如幻，而当年在附中教室里上课的动人情景，还历历在目，琵琶女的"门前冷落车马稀，老大嫁作商人妇"的哀婉，白居易的"同是天涯沦落人，相逢何必曾相识"的感慨，仿佛又在耳边响起，往昔的一切清晰如昨。这也许是一生中最珍贵的纪念，最美好的回忆。

欣喜的是，岁月静好，人皆无恙。

当年的这位同学，就是现在的安徽师范大学文学院的党委书记：余大芹。

2016年9月28日

人生如戏

著名诗人席慕蓉写过一首诗《戏子》：

请不要相信我的美丽
也不要相信我的爱情
在涂满了油彩的面容之下
我有的是颗戏子的心

所以　请千万不要
不要把我的悲哀当真
也别随着我的表演心碎
亲爱的朋友　今生今世
我只是个戏子
永远在别人的故事里
流出自己的泪

这首诗写出了戏子的苦心，看似无情却有情。台上，戏子永远都只是演绎别人的戏，表演着快乐和痛苦。台下，洗去油彩后只有孤独一人，独自黯然神伤。淡淡的文字，淡淡的情怀，浅浅地低诉着蓝色般的忧郁。末句“永远在别人的故事里 / 流着自己的泪”，让人感慨不已。

著名演员陈道明饱读诗书，才华横溢，一直为人称道，他说他只是个戏子。其实，在人生舞台上，每个人都是戏子，演绎着各自不同的角色，戏中有悲有喜，有苦有甜。不管演得如何，都要为自己所扮的角色尽心尽力。不论在什么时候开始，重要的是开始之后就不要停止；不论在什么时候结束，重要的是结束之后不要后悔。

人生如戏，要演好自己的角色，演出真实的我，在自己的故事里，流着自己的泪，或是快乐，或是痛苦。

2016年10月3日

令人怀旧的《昨日重现》

看了微文《这首歌，最怀旧，无数人落泪》，看了视频中展示的电影经典作品《罗马假日》《魂断蓝桥》《卡萨布兰卡》的镜头，听了影片中的歌曲《昨日重现》，颇有感慨。

《昨日重现》的演唱者卡伦·卡朋特，1950年出生于美国康涅狄格州。她和其兄理查德·卡朋特组建的乐队“卡朋特乐队”，不断推出佳作，事业蒸蒸日上。但她32岁时不幸病逝，她的那种略带忧郁的中音，亲切自然的演唱，让人们永远难以忘怀。

《昨日重现》是“卡朋特乐队”的代表作品歌曲，是20世纪70年代欧美经典的英文歌曲之一，始创于1973年，曾被无数个歌手翻唱，成为永恒畅销单曲之一。

《昨日重现》是一首追怀旧情的感伤之作，说的是经历过一系列失恋打击，身处孤独之中的歌手，原本是收音机的忠实听众，常常跟随电波中的一曲曲情歌吟唱。后来，陷入爱河的她不再有闲暇时间去收听音乐广播了，与收音机渐渐疏远，而今，为情所伤、心如死灰的她再度拧开收音机，熟悉的旋律重新响起，一声声、一曲曲仿佛正在讲述着自己的身世。时光流逝，情感变迁，但那一首首曾如旧友长伴身侧的老歌，却忠诚如初，永远不会背叛自己。温馨中夹杂痛苦，慰藉之余更添伤感：难道人尚不如歌？多情易伤、多愁善感的她多么盼望昨日随旧曲重现，鸳梦重温。

美好的时光让人怀念，可是，岁月无情，昨日不会重现，又怎能不让人惋惜和遗憾？卡伦·卡朋特，曾经有一段对爱情最美的诠释：“就像在一艘无处可去的船上航行着，爱情接收了我的心，就像海洋上吹过的一阵微风。你从爱情中得到的一切就是一首爱情歌曲，因为最好的爱情歌曲是用一颗破碎的心写成的。”

多年以后，那些曾经牵动过心的情感，不管是亲情、爱情还是友情，还能释怀吗？还是挥手昨日，让往事折叠，收拾好心情，在未来的路上继续前行吧。

2016年10月5日

一年好景君须记

宋代诗人苏轼写过一首七绝《赠刘景文》：

荷尽已无擎雨盖，
菊残犹有傲霜枝。
一年好景君须记，
正是橙黄橘绿时。

这是诗人送给朋友的一首勉励诗，抒发作者旷达开朗的胸襟和对同处窘境中友人的安慰和鼓励。

诗的前两句是写景。曾经碧叶连天、红花映日的荷花，如今已凋谢，枯败的茎叶再也不能举起绿伞遮挡风雨。菊花也已枯萎，不过那挺拔的枝干，仍然坚强不屈地傲寒斗霜。诗的后两句是议景。诗人笔锋一转，写了橙黄橘绿的美好景象，色彩鲜明，富有生气，凋零的初冬妆成了一片金黄碧绿世界，诗人赞扬这是“一年好景”，并谆谆嘱咐：“君须记”。

此诗是赠人的，其目的并不是单纯地描写景物，而是把重点放在人的方面，可以看到两点：

一是以物喻人。作者用有“傲霜枝”的菊和经冬犹绿的橘，含蓄地赞扬了刘景文高尚的品格和坚贞的节操。二是借景明志。刘景文一生失意，临近晚年，难免有迟暮之感。作者借此诗向朋友表明，初冬虽有萧瑟、冷清的一面，但也有硕果累累、成熟丰收的一面。人到壮年，虽然青春流逝，但也是人生成熟、大有作为的黄金阶段，要珍惜这大好时光，乐观向上，努力不懈，切莫意志消沉，妄自菲薄。这是诗人对朋友的劝勉之语，是诗的主旨。

试将《赠刘景文》译写一下：

像遮雨伞一样的荷叶，
已经败尽，不再亭亭玉立。
菊花虽也枯萎却依然挺拔，
不畏寒霜，还显得勃勃生机。

朋友，你要记住，
一年中最好的风景就在此时，
你看，在萧瑟的寒风中，
橙黄橘绿的景色多么绚丽！

人啊，当青春消逝时，
你仍要乐观向上，自强不息！

2016年10月10日

乡村四月多美好

南宋诗人翁卷的《乡村四月》，是一首脍炙人口、流传至今的名作：

绿遍山原白满川，
子规声里雨如烟。
乡村四月闲人少，
才了蚕桑又插田。

有乡村诗人之称的翁卷，在这首诗里描写了江南农村初夏时节的旖旎风光，表达了诗人对农村生活的赞美之情。

前两句写景，描写田野风光。山坡田野间，草木茂盛，葱葱郁郁，真是一派绿色的世界。稻田里的水色与天光交相辉映，分不出天与水的界限，满目是白茫茫一片。这时，天空中细雨蒙蒙，如烟如雾，催耕的杜鹃鸟声声啼叫，大地一片欣欣向荣的景象。色彩鲜明，意境朦胧，静动结合，有声有色，富有清新淡远的意趣。

后两句写人，描述农忙景象。繁华的四月到了，农村里没有人闲着，家家户户，昼夜忙碌不停，刚刚结束了养蚕种桑的活儿，又忙着到水田里去插秧。“才了桑蚕又插田”，将“闲人少”三个字具体化、可感化，不禁让人脑海里浮想起农民刚在桑林里采摘，一会儿又到了水田里插秧忙碌的身影。这是一幅繁忙的农村田园生活图。

诗人用白描手法来写田野风光和农忙景象。语言简练，不加烘托，不加渲染，就把所写的景和人都生动地表现出来了。写景，绿原、白川、子规、细雨，寥寥几笔就把水乡初夏时特有的景象勾勒出来了。写人，以极简省的笔墨，就把乡村繁忙的时间、地点、特点写了出来，一句“才了桑蚕又插田”，就勾画出了乡村四月农家的忙碌气氛。

这是一首七言绝句，只有四句，诗人在诗意和结构上，注意前后呼应，末句以“蚕桑”照应前句的“绿遍山原”，以“插田”照应首句的“白满川”。诗意连续，结构完整。

2016年10月23日

一片冰心在玉壶

被誉为“七绝圣手”的王昌龄写了许多佳作，其中有一首为人称道的《芙蓉楼送辛渐》：

寒雨连江夜入吴，
平明送客楚山孤。
洛阳亲友如相问，
一片冰心在玉壶。

王昌龄早年贫寒，后中进士，做了小官，因不拘小节，遭人谤议，被贬到岭南，后又任命为江宁丞。他有个朋友叫辛渐，准备在润州渡江，取道扬州，北上洛阳。王昌龄从江宁到润州，在此与辛渐分手，写了《芙蓉楼送辛渐二首》，这里说的是第一首。

这是一首送别诗。淡写朋友的离情别绪，重写自己的高风亮节。有人说此诗是“借送友以自写胸臆”，说的不错。这首诗的中心思想是说明作者不因流落他乡而改变志节，始终保持高尚纯洁的品格和坚强乐观的精神。

前两句描写送别情景。点出送行的时间、地方和客人将要去的目的地。寒冷的雨洒落在大地上，迷蒙的烟雨笼罩着吴地，诗人因离情萦怀而一夜未眠，陪伴朋友进入吴地。早晨，天色已明，朋友登舟北归，船走人远，诗人眼前，只有孤独的楚山矗立在平野上，一个“孤”字，既是写楚山的孤独，也是写送行人的孤寂。首句的“寒”字和次句的

“孤”字，透出了诗人在坎坷仕途中抑郁难平的悲苦之情。

后两句表明心地高洁。辛渐是诗人的同乡，他返乡后，亲友一定要问到诗人的情况。诗人说，你就转告他们：“我的心就像晶莹剔透的一块冰，装在洁白的玉壶中。”意思是说自己没有受到功名利禄等世情的玷污，不为遭贬而改变冰清玉洁的情操。结句出人意料，托朋友给洛阳亲友的口信，不是通常的平安之类的话，而是用玉壶冰心之喻来表明自己高尚的品德和不同流俗的抗争精神。

西晋的文学家陆机在《汉高祖功臣颂》中说：“心若怀冰”，用冰来比拟心的纯洁。南朝宋的文学家鲍照在《白头吟说》中说“直如朱丝绳，清如玉壶冰”，用玉壶冰来比拟清白的意思。王昌龄把这些意思概括成简练生动的一句诗“一片冰心在玉壶”，多么精妙啊！诗人要表达自己的品格和德行，不用抽象的概念来说明，而是用一个恰当的比喻来显示，生动形象，含蓄有味，这就是诗啊！

2016年10月25日

悲歌兮，虞美人

虞美人，别名丽春花、赛牡丹、百般娇等。虞美人是比利时的国花。法国国旗中，红色的代表为虞美人。

虞美人，姿态秀丽，袅袅婷婷，花瓣质薄如绫，光洁似绸，无风时亦似自摇，风动时更是飘然欲飞，俨然彩蝶展翅，颇引人遐思。虞美人兼具素雅与浓艳华丽之美，大有中华古典艺术中美人的风韵，堪称花草中的妙品。

虞美人的花语和象征意义是：生离死别，悲歌。

虞美人有一个动人的传说。当年楚汉相争，项羽兵败，被汉军围困于垓下，身陷十面埋伏，兵孤粮缺，夜闻四面楚歌，楚军士气尽失。项羽认为大势已去，帐中饮酒，对着爱妾虞姬唱起悲壮的“垓下歌”：“力拔山兮气盖世，时不利兮骓不逝。骓不逝兮可奈何，虞兮虞兮奈若何！”虞姬手握宝剑，翩翩起舞，唱和：“汉兵已略地，四方楚歌声。大王意气尽，贱妾何聊生！”唱毕挥剑自刎。死后，地上长出血红的花，后人为纪念虞姬对爱情的忠贞、对家国的挚爱，就将这种花命名为虞美人。

清代一位许姓女诗人，以虞姬的口吻写了一首七绝《虞美人》：“君王意气尽江东，贱妾何堪入汉宫；碧血化为江边草，花开更比杜鹃红。”碧血染红的虞美人，比杜鹃花还鲜艳美丽，这是对百般娇的虞美人的赞美啊！

2016年11月2日

《送别》一曲诉离情

我在弹《送别》，那熟悉的歌词又在我的眼前闪现：长亭外，古道边，芳草碧连天。晚风拂柳笛声残，夕阳山外山……

《送别》由李叔同作词，它的曲调取自美国艺人奥德威作曲的美国歌曲《梦见家和母亲》。歌词类似中国诗词中的长短句，有古典诗词的文雅，但意思却平白易懂，整个歌词和曲调结合得十分完美。《送别》成为中国诗味极浓的经典校园歌曲，风行天下，历久不衰。

《送别》清新淡雅，凄美柔婉，深沉地诠释着人间的离情别绪，听了让人百感交集。人生不过数十年，知己能有几人？别后再见又待何时？愁绪纷飞，唯有相思入梦频。电影《城南旧事》的主题歌就是《送别》，那优美的词曲，给了我深刻的印象。看后一段时间里，我仿佛都能听到一阵缥缈的歌声从远处传来，在耳边响起。

多年前，在上海，一位曾当过教师的朋友已近七旬，喜欢唱歌，参加社区的合唱团，要听我弹《送别》。我弹了这首曲子，朋友颇有感慨。谁知，不久他就因病走了。我才晓得，朋友自知病重，要在告别世界之前，再听听自己喜欢的曲子。我伤感不已，是送别朋友，还是告别人生，了却尘缘？此后，我好长时间都不弹这首曲子了。如今，我沉湎于伤感的旋律中，那琴声轻轻触动心底的一丝丝眷恋，追忆那似水的年华，那如梦的往事。人生难得是欢聚，唯有别离多。芳草依然碧连天，长亭古道今安在？岁月无情人有情，美好虽已成为曾经，友情还铭记在心中。此时，借悠扬的琴声向健在的远方的朋友们传送一声：珍重！

2016年11月10日

小雪，你好

“小雪”节气来临，意味着气温走低，天气寒冷，降水状态由雨变成雪。古籍《群芳谱》中说：“小雪气寒而将雪矣，地寒未甚而雪未大也”。因“地寒未甚”，故雪量不大，所以称为小雪。节气中的“小雪”，与日常天气预报所说的“小雪”意义不同。“小雪”节气是一个气候概念，代表的是“小雪”节气期间的气候特征，而天气预报的小雪，是指降雪强度较小的雪。

今年“小雪”节气未到，小雪却已光临。前夜，雪就悄然而至。昨晨起来，房顶、地上都覆盖了一层雪，京城涂上了薄薄的淡妆，透出浓浓的冬意。这是北京入冬的第一场雪，气温降至零下。雪不大，淡淡的，柔柔的，没有“忽如一夜春风来，千树万树梨花开”的气势。雪姑娘这次登场比常年早了八天，虽然带来了大幅降温，却也同时带来了好空气，让讨厌雾霾天气的人们身心舒畅。

“小雪”期间，天气阴冷晦暗，人们的心情也受此影响。木枯草衰，万物凋零，人们往往触景生情，抑郁不乐。我们要调整心态，保持乐观情绪。清代医学家吴尚说：“七情之病，看花解闷，听曲消愁，有胜于服药者也。”

昨晨，天空还飘着零零碎碎的雪花，我默然地凝望着，不禁想起了人们熟知的香港著名歌手陈慧娴唱的《飘雪》：又见雪飘过，飘于伤心记忆中，让我再想你，却掀起我心痛……这是她的经典歌曲之一。看到美丽的雪景，能触景生情，可悲可喜，可以忧伤，也可以欢乐。伤感固然也是一份美丽，但不能沉湎于伤感中。我喜欢伤感，但更喜欢快乐。不管什么时候，人都要淡定、从容。气温已低，我仍感到一份暖意。虽然天色是灰暗的，我的心中却充满着温暖如春的红色亲情，洋溢着纯洁似雪的白色友情。

我喜爱雪，爱她的纯洁，她的轻盈，她的优雅，她的舞姿。雪是雨的精灵，是冬天的象征。古人说："春有百花秋有月，夏有凉风冬有雪。若无闲事挂心头，便是人间好时节。"没有雪的冬天，不是真正的冬天。冬无雪，犹如春无花、秋无果。我期待下一场大雪，届时看琼花飞舞，万里雪飘，品味冬天美，沉醉于银色世界里。

2016年11月22日

春到人间草木知

立春来临，读南宋诗人张栻的立春感怀之作《立春偶成》：

律回岁晚冰霜少，
春到人间草木知。
便觉眼前生意满，
东风吹水绿参差。

时近年终，立春节气到来，暖气渐渐回升，冰霜虽还有，已经很少了。草木最先发芽，已感觉到了春天的信息。眼前一派绿色，显现出一片生意盎然的景象。一阵东风吹来，春水碧波荡漾，充满着无穷无尽的活力。

这首诗以“律回”（春回大地）为契机，形象地描写了作者立春时节的所见所感，从“草木知”到“生意满”富有层次地再现了大自然变化的过程，洋溢着饱满的生活激情。全诗语言朴质清新，“春到人间草木知”，颇含韵外之致，与苏轼“春江水暖鸭先知”的名句，有异曲同工之妙。景语结句“东风吹水绿参差”，余味无穷，给人以开朗畅快的感染，激励人们积极向上、悠然自得而又无限遐思。

读此诗，如沐春风，满目清新，仿佛看到一幅春意盎然的图画：芳草萋萋，生机勃勃，东风习习，波光粼粼，使人顿生一种望春、爱春的感情。

春来了，欢迎你！

2017年2月3日

情人节时说爱

情人节是西方的传统节日之一，现在国人也借此互送巧克力、贺卡和鲜花，用以表达爱意或友好。

谈到情人节，就自然想到“爱”这个美好的字眼。人间离不开爱。两位文坛大师都有名言：“人间如果没有爱，太阳也会灭。”（雨果），“爱是生命的火焰，没有它，一切变成黑暗。”（罗曼·罗兰），可以说，没有爱的生命，永远是苍白的，没有爱的灵魂，永远是孤单的。

爱是什么？

爱是心理的体验，爱是美好的感觉。爱是心心相印，爱是手手相牵。爱，可以挂在嘴边，也可以深藏心中。爱，不单单是男女之间的爱情，亲情、友情里都弥漫着浓浓的爱。人有爱心，爱自己，爱别人，爱人类，爱自然，博爱无边，挚爱无尽。

爱是关怀，爱是牵挂，爱是理解，爱是包容。爱是春风，温暖；爱是夏花，热烈；爱是秋月，柔和；爱是冬雪，纯洁。

爱，要真爱，就是真诚的对待，真心的体贴，真情的付出。爱不只是欣赏和喜欢，还有责任和奉献。真爱能够穿过岁月的风雨，盛开在每一个季节，散发出动人的芳香。

真爱，没有索取，只有给予。拥有爱的时候，要好好珍惜，失去爱的时候，就得存一份珍贵的回忆。只要曾经有过美好的时光，就是无怨无憾的一生。

“人生如花，而爱便是花的蜜。”（莎士比亚），让我们尽情地饮吮这甘甜而幸福的爱之蜜吧，让我们在爱的世界里快乐、和谐地生活吧！

2017年2月14日

草色遥看近却无

早春，读韩愈描写和赞美京城长安早春景色的七绝《初春小雨》：

天街小雨润如酥，
草色遥看近却无。
最是一年春好处，
绝胜烟柳满皇都。

此诗又名《早春呈水部张十八员外》，是写给水部员外张籍的，张籍在兄弟辈中排行十八，故称“张十八”。当时在京城任职吏部侍郎的韩愈，写了这首诗，邀请诗友张籍趁早春及时去欣赏京城景色。

诗里说，初春的小雨落在京城的街道上，像酥油那样细滑润泽。春草刚刚萌生，远望一片淡绿，近看却绿色全无。这是一年中春光最好的时候，远远胜过柳色如烟遍布京城的暮春景色。

此诗看似平淡，却能摄早春之魂，给读者以无穷的美感趣味。一年之计在于春，而春天的最好处又在早春。严冬方尽，余寒犹厉，突然在春雨滋润中，草芽冒出，呈现一派勃勃生机，自然让人感到十分惊喜、清新。早春的这种淡素的、似有却无的色彩，比起晚春时“杨柳堆烟”的浓墨重彩，更惹人喜爱。

“草色遥看近却无”，是全篇的绝妙佳句，写小草在雨露滋润下初生时若有若无的情景，刻画细腻，形神兼备。前人称赞这句诗：“写照工甚，正如画家设色，在有意无意之间。”

我曾在课堂上讲写作观察时，举到两个描写初春青草的例子，一个是韩愈的诗句“草色遥看近却无”，另一个是一篇文章中的段落：

“积雪初融的山坡，远远望去还是一片枯黄，走到近处却发现已是草色青青，春意满目了。”

两段描写，正好相反。哪个对呢？前者对，因为它符合实际情况。早春嫩草初生，草芽很小，颜色也淡，又是稀稀落落，近看，看不到什么绿色。而远远望去，朦朦胧胧，地面上浮起一层浅绿的颜色，在视线上连成一片，这就是早春的草色。可见，“草色遥看近却无”，表现了作者敏锐细致的观察力。后面那段描写是失实的。

“最是一年春好处”，早春，最美好，最可贵，每天都有新鲜的感受，都有难抑的兴奋，触目第一抹新绿，总让人怦然心动。尽管春寒料峭，却感到有一份暖意在身。不论你有怎样的情绪，都应以一个舒展的姿态，绽放在春天的枝头。早春，是醒悟，是孕育，是播种，是希望，让我们从这里起程，走向山花烂漫、万紫千红的世界吧。

2017年2月16日

万紫千红总是春

南宋朱熹写过一首著名的七绝《春日》：

胜日寻芳泗水滨，
无边光景一时新。
等闲识得东风面，
万紫千红总是春。

在天气晴朗的美好日子，来到了泗水河边，只见无边的景物都焕然一新，随便什么地方都可以看出东风的面貌，东风吹得百花齐放、万紫千红，到处都是春天的景致。

有人说，这是一首哲理诗，借游春来说理，表达了诗人于乱世中追求圣人之道的美好愿望。诗中的“泗水”暗指孔子，因为孔子曾在泗水之滨讲学传道。“寻芳”即是指求圣人之道，“东风”喻教化，“万紫千红”喻孔学的丰富多彩，诗人将圣人之道比作催发生机、点染万物的春风。此诗把哲理融化在生动的形象中，不露说理的痕迹，这正是理学大师朱熹的高明之处。

我们可以不去理会那些，就把《春日》当作游春诗来看，这也是一首好诗。此诗通过描写美丽的春景，抒发了作者赞春、爱春的感情，表达了东风是万紫千红的春天的源头的道理。全诗寓情于景，情景交融，语言清新活泼，富有理趣而绝不呆板迂腐。诗的首句点明出游的时令、地点，下面三句都是写“寻芳”所见所得。次句写观赏春景中获得的初步印象。第三句和第四句用形象的语言具体写出光景之新，寻芳所得。平常人们都知道春风，但只有在见到万紫千红的景象后，才真正知道春风的面貌。万紫千红的景象全是春风点染的，人们从这万紫千红中认识了春风，看到了美好的春景。“万紫千红总是春”，是千古名句，形象鲜明，富含哲理，使人奋发开朗，已成为一切初生美好事物的象征，常常被用来形容一派生气勃勃的新气象。

一朝春风吹，万紫千红来。“春风又绿江南岸”，绿的何止是江南，春风吹遍了大地，天涯何处无芳草，万里江山皆春色。生机勃勃、春意盎然的，又何止是大自然，从寒冬中走来的人们，被和煦的春风拂面，顿感清新温馨，不禁陶醉，充满了活力。春风来了，人的生命也要姹紫嫣红、色彩缤纷。朋友们，在万象更新的春天，让我们乘着东风，带着期盼和希望，奋发向前，迎来无限美好的未来吧！

2017年2月18日

劝君更尽一杯酒

唐代诗人王维送朋友去西北边疆时写了一首诗《渭城曲》：

渭城朝雨浥轻尘，
客舍青青柳色新。
劝君更尽一杯酒，
西出阳关无故人。

此诗语言朴实，形象生动，写出了人所常有的依依惜别之情。它被编入乐府，广为传诵，成为饯别的名曲。咏唱时，首句不叠，其他三句都再唱，故此诗又称为《阳关三叠》。

诗的前两句，点明送别的地点、时间、景物，绘出一幅清新明朗的图景，为送别创造了一个典型的自然环境。后两句写送别的场面，表达对友人的深挚情谊。作者只是剪取“劝酒”的刹那举动镜头，把深切的惜别、关心、担忧等复杂的感情，都尽含其中。前人评说：“惜别意悠长不露。”“语老情深，遂为千古绝调。”

诗的后两句，一般都解释为：朋友，再干了这一杯酒，出了阳关，可就再也看不到老朋友了。有人认为，这样没有新意，未说出作者的深意，应这样理解：朋友，请再干了这杯酒，待你将来凯旋的时候，恐怕已不能再看到我了啊，唯有这渭城的细雨、青春的客舍以及随风而舞的杨柳，还会像今天一样，在此恭候。

试将《渭城曲》译写一下：

渭城早晨下了一场细雨，
轻轻，温柔地湿润了飞尘。
客舍青青，杨柳格外清新，
又增添了依依惜别的离情。

你可知，走出阳关路便荒凉，
长途跋涉，身边也没有熟人。
老朋友，再喝下一杯酒吧，
今日离别后，何时再逢君？

啊，人在异乡，一片陌生，
有谁能安慰你孤寂的心灵？

2017年2月19日

同来望月人何在

唐代诗人赵嘏在一个月光如水的夜晚，独自登上江边的一座小楼，眺望江上月夜迷人的美景，想起去年与友人赏月的情景，感叹曾几何时，物是人非，昔日同伴已不知漂泊何处，今夜只身来此，惆怅之余写下《江楼感旧》：

独上江楼思渺然，
月光如水水如天。
同来望月人何在？
风景依稀似去年。

这是一首记游诗，表达诗人怀念友人、深感孤寂的心情。全诗语言淡雅，借景寄情，写旧事虚实相间，空灵神远，给人以无限的遐想和隽永的韵味。

试将《江楼感旧》译写一下：

独自登上了江边的小楼，
思绪随着凉风飘向远方。
月明净似水，水澄澈如天，
今夜的景色这般幽美明亮。

想在去年的此时此地，
和朋友们凭栏共赏月光。

如今不知都漂泊何处，
这里的风物还和以前一样。

且把一份怀念留在心房，
感叹这人世沧桑，聚散无常！

2017年2月22日

说玫瑰

我喜欢玫瑰。它色彩鲜艳，芳香馥郁，长期以来就是美丽和爱情的象征。英国把玫瑰定为国花，以表示亲爱，又因茎上有刺，表示严肃。在英国，人们是这样说的：“宁可失去冬天里的皮大衣，也决不能丢掉手中的那枝玫瑰”，可见，人们心中对玫瑰的钟爱。每年2月14日是西方情人节，年轻人都把玫瑰花献给心上人，以表达自己的爱意。

玫瑰枝杆多刺，故有“刺玫瑰”之称。当你摘下或拿着玫瑰时，不小心会被刺伤，手指上渗出血珠。有人就害怕乃至放弃玫瑰，实在不必要。玫瑰都是有刺的。玫瑰象征着爱情，它的刺也许是另一种象征：美好的爱情总要付出刺伤的代价。爱情总是有苦有甜，既有浪漫和温馨，也有痛苦和血汗。世上事物都有两面，玫瑰也如此：它的刺让人痛苦，它的花香让人快乐。这些我们都要包容、承受。

有人说过，爱情如玫瑰，无论开得多艳丽，最终还是逃不过凋谢的宿命。其实，不必太伤感，花开终有花落时，花开花落都是诗，都是画，都是风景，花开，欣喜，花落，不哀。不论是玫瑰，还是爱情，所有世上的美好事物，在飞逝的时光中都是瞬息，都会过去，而那过去了的就会变成亲切的怀念和美好的回忆。

每个现代人的内心深处，都应当有一朵永不凋谢的玫瑰，把尘世的浮华、诱惑排在外面，将灵魂的灼烧、烦躁化为清凉，让人活得高贵，优雅，洒脱，自在。现在人们常说：“赠人玫瑰，手有余香”。玫瑰就是“美好”的化身，有善心和爱心的人，要把更多更好的“玫瑰”赠给他人，安慰心中的寂寞，芬芳平淡的日子。给予不计回报，分享只在愉悦。

朋友们，我要送给你们一枝枝美丽而芳馨的玫瑰，但愿能让你们感到一份欣慰，一份温暖，享受一份快乐，一份幸福！

2017年2月24日

但愿夕阳无限好

黄昏是一道美丽的风景，余晖映照，红霞满天，景染胭脂，气象万千。目睹夕阳，很自然想起了唐代诗人李商隐的名句：“夕阳无限好，只是近黄昏。”作者触景生情，多有感慨，念及自己一生，始终被挤在党争的夹缝中，郁郁不得志，如今垂垂已老，正似这夕阳纵好，毕竟已近黄昏，不可能再辉煌多久了。诗句表现了一种赞赏而惋惜、留恋而惆怅的情绪。

近人吴兆江对“夕阳无限好，只是近黄昏”，反其意而用之，曰：“但得夕阳无限好，何须惆怅近黄昏”，既然可以欣赏到美好的夕阳西下景色，又何必为黄昏时刻即将到来而惆怅呢？只要是美好的，我们就尽情享受，不必管它时间是否短暂。这就将原来表达伤感迟暮、好景不多之意的诗句，改成了励志奋进的格言联，乐观昂扬之情跃然纸上。

朱自清先生很喜欢吴兆江的这两句诗，就抄下来，压在书桌的玻璃板下，用以自策。朱自清当时虽然病体虚弱，但精神却不萎靡。他意识到自己的生命濒临黄昏，时日不多，仍憧憬着“无限好”的前景，以乐观的心情，去迎接美好的未来。他作为知识分子执着于现实，乐观积极的人生态度，值得我们敬仰和学习。

夕阳虽灿烂，但一会儿终归西下。世上许多事物都是短暂的，人们在赞赏流连的同时，对它的匆匆即逝而感到惋惜和惆怅，这种感受是正常的，无奈的。但面对黄昏夕阳，我们不必总是伤感，要坦然对待。不妨读一下老帅叶剑英写的两句诗吧：“老夫喜作黄昏颂，满目青山夕照明。”（《八十书怀》），表达了老当益壮、志在千里的豁达的胸襟和豪迈的气概，真是气度非凡啊！如今这已成为广为传诵的格言。

当人生临近“黄昏”时，我们无须惆怅，要珍惜余下的好时光，生命不息，奋斗不止，努力实现自己的人生价值。

看着血色殷红的夕阳，心潮起伏，在绚烂的晚霞中，不仅想起了那首熟悉的乔羽作词的歌曲：

最美不过夕阳红，
温馨又从容。
夕阳是晚开的花，
夕阳是陈年的酒，
夕阳是迟到的爱，
夕阳是未了的情，
有多少情爱化作夕阳红。

2017年2月26日

二月春风似剪刀

早春二月，想起了唐代诗人贺知章的名作《咏柳》：

碧玉妆成一树高，
万条垂下绿丝绦。
不知细叶谁裁出，
二月春风似剪刀。

高高的柳树长满了翠绿的新叶，轻柔的柳枝垂下来，就像万条轻轻飘动的绿色丝带。这细细的嫩叶是谁的巧手剪裁的呢？原来是那二月的春风，它就像一把灵巧的剪刀。

读这首诗，觉得很美，美在何处？不妨来欣赏一下：

一、杨柳美

“碧玉妆成一树高”，写整体美，用碧玉形容新柳的翠绿晶莹，突出其颜色美。“万条垂下绿丝绦”，写柳条，下垂的万条像是轻飘的绿色丝裙带，显示其风姿美。早春的杨柳，宛如一位经过梳洗打扮的亭亭玉立的美人，尚未到丰容盛鬋的年华，苗条的身段，婀娜的腰肢，显得非常柔美、动人。在这里，柳就是人，人就是柳，人柳合一，是美的化身。

二、春风美

“碧玉妆成”引出了“绿丝绦”，“绿丝绦”引出了“谁裁出”，“谁裁出”引出了“二月春风”，主角亮相了。本是视之无形、不可捉摸的春风，被诗人用了一个新奇精妙的比喻“二月春风似剪刀”形象地描写了出来，化无形为有形，巧妙地剪裁了嫩绿的柳条，裁出了美好的春天。神奇的春风是自然活力的象征，是美的创造者。

“咏柳”，借柳树歌咏春风，赞美春天。通过杨柳美、春风美，我们认识和感受到了春天的美，一份让人赏心悦目、不禁为之珍惜的大美！

美，无处不在，美，让人赞赏。我爱春柳，爱春风，爱春天，爱大自然和人世间一切美的事物。愿美常现在眼前，永驻在心中！

2017年2月27日

如　花

春暖花开，万物复苏。此时，三八佳节如期而临，我想到了人们常说的一句美言：女人如花。

花是美的化身，上帝创造了美丽的花，也创造了美丽的女人。女人如花，红尘中的女人，恰似百花齐放，姹紫嫣红，万种风情。她们灿烂了天地，芬芳了人间，装扮出了多姿多彩的世界。

女人如花，“一花一世界”，每个女人都有自己的美丽，都有独特的魅力。有的如春兰，脱俗高雅，有的如夏荷，圣洁恬静，有的如秋菊，清寒傲霜，有的如冬梅，坚强冷艳，有的如牡丹，富丽华贵，有的如茉莉，朴素芬芳，有的如玫瑰，娇丽动人……更多的女人，是不知名或者没有名的花，也许无人欣赏，但并不在意，默默地开放，悄悄地飘落，完成了自己的使命，无怨无悔地走过了踏实而平凡的一生。

女人如花，不管什么地方，什么环境，温室里，田野间，悬崖上，空谷中，她们都会珍惜花期，努力绽放，决不辜负大好年华。她们知道，错过了一时，也就错过了一生。

女人如花，需要有人呵护，要有缠绵的情话，要有温柔的拥抱，要有关爱的滋润，要有真心的善待。没有护花者的呵护，女人这朵花就会渐渐地褪色和枯萎，纵然有“零落成泥碾作尘，只有香如故”的留恋赞叹，也只能是一种无奈的遗憾了。

女人如花，虽然美丽，终究抵挡不住岁月风霜的侵袭，会黯然飘落。让人不禁想起了梅艳芳唱的《女人花》里那句经典歌词：“女人如花花似梦”。青春易逝，花期短暂，总会让人感叹:“一朝春尽红颜老，花落人亡两不知”，如梦一般，飘然而去，只能留在记忆中。其实，花开是画，花落是诗，花开花落总有情，花开花落皆是美。

佳节之际，愿天下所有的女人，都像花一样妩媚、温柔、高雅、灿烂！

2017年3月8日

丁香时节读《雨巷》

四月天，小区凤凰城里，群芳吐艳，其中丁香较多，正在盛开，或紫或白，或繁或简，清香四溢，淡雅妩媚。今天，在微信上又看到戴望舒的《雨巷》一诗，很自然地把丁香和《雨巷》联系在一起了。

年轻时，我就喜欢读《雨巷》，被诗里的那种淡淡的忧郁和悠悠的韵味吸引了。多年前，我在课堂上讲诗的构思时，说一首诗的产生，情况多种多样，或来自一个意念，或来自一个场景，或来自一个形象，或来自一个句子等。我举出《雨巷》的例子。诗人、学者卞之琳在《戴望舒诗集序》中说：“《雨巷》读起来好像旧诗名句‘丁香空结雨中愁’的现代白话版的扩充或‘稀释’。”南唐中主李璟在《浣溪沙》中写过名句：“青鸟不传云外信，丁香空结雨中愁”，说不见使者捎来远方的消息，丁香的花蕾在雨中凝聚着忧愁。虽说《雨巷》中的丁香姑娘是个新的形象，但诗里写愁情的意境和方法，明显地吸收和借鉴了前人的诗句。

《雨巷》给我们展示了一幅梅雨季节江南小巷的图景：细雨蒙蒙中，“我”撑着油纸伞，在悠长寂寞的小巷踽踽独行，希望逢着一个丁香般结着愁怨的姑娘。她容貌像丁香一样美丽，品格像丁香一样高洁，心绪像丁香一样愁怨。在期待中，她姗姗来了，静默地走近了，但没有向“我”打招呼，只是投来了太息般的眼光，正当我想说句什么话的时候，她却跟“我”擦肩而过，静默地走了，越走越远，消失在雨巷的尽头。只剩下“我”，依然独自撑着油纸伞，彷徨在小巷中，继续期待，继续追寻。一个伤感的故事，在朦胧迷茫的梦幻中结束。

这是现实中真实的事情，还是诗人想象中的虚构，谁也不知道。我一直认为这是一首爱情诗，描写了两个青年男女期待、相遇、分手的爱情故事。这是一份朦胧的、凄美的爱情，抒发着一种幽婉、凄迷的爱情。在这首诗里，我们可以看到诗人追寻美好爱情的心路历程，感受到那种舒缓低沉、忧郁凄凉的别样的美。在诗中，“我”是爱情路上的一个彷徨者、等待者、追寻者。“我”希望逢着像丁香一样美丽、高洁和愁怨的姑娘。这样的意中人，似乎太理想化了，现实中难以找到。“我”等到了，那位丁香一样的姑娘，出现在眼前，却显得那么高傲、冷漠，并不理解“我”。或许她命运多舛，心有苦衷，不便说明。诗中那“颓圮的篱墙”，像是爱情失败的一种微观层面上的暗示吧。虽然“我”和她相遇，却失之交臂，她梦一样的飘走了。有缘无分啊。“我”成了一个失恋者，但“我”伤感而不颓唐，失落而不绝望，仍然继续追寻着像丁香一样的姑娘，盼望在雨巷的上空飘起绚丽的彩虹。诗人虽然受到挫折，仍然苦苦追求美好爱情的执着精神，值得我们肯定。

诗人为什么用丁香来形容姑娘？丁香开在仲春时节，柔弱娇媚，容易凋谢，人们对着丁香往往伤春，说丁香是引愁之物。中国古代诗歌中有不少咏丁香的名句，除了李璟的“丁香空结雨中愁”外，还有李商隐在《代赠》中写的“芭蕉不展丁香结，同向春风各自愁”等。在人们心中，丁香成为美丽、高洁、愁怨的象征。“我”心目中的姑娘就要像丁香一样，丁香姑娘是理想爱人的化身，是美好爱情的象征。

戴望舒的诗歌创作受到中国古典婉约风和法国象征派的影响，他把象征主义的手法和中国古典诗词意象结合起来，在《雨巷》中创造出丁香姑娘这样一个新的抒情形象。

后来，看到一些人说，评论一篇作品，要做到知人论世。联系到诗人写作《雨巷》时的社会环境、时代背景，你就会发现，《雨巷》不是一首单纯的爱情诗。

《雨巷》写于1927年夏天，作者才22岁。曾因投身革命而被捕的诗人，面对笼罩全国的白色恐怖，他和一些进步青年一样，在痛苦中彷徨，在失望中渴求着新的希望出现。《雨巷》就是这种心境的反映，是现实黑暗和理想幻灭在诗人心中的投影。诗中的丁香姑娘就是美好理想的象征。她的美丽高洁，表示理想的美好；她的哀怨彷徨，表示理想难以实现；她的飘然而去，表示理想的幻灭。《雨巷》是诗人伤感寂寞心灵的痛苦歌唱，诗中抒发的情绪，可以看作是诗人对理想破灭的悲伤。尽管如此，诗人还是继续追寻着丁香一样的姑娘，虽然理想渺茫难以实现，仍然怀着对理想的追求和憧憬。

古人说："诗无达诂"；西方说，一千个读者，就有一千个哈姆雷特。丁香姑娘是一个具有象征意义的朦胧意象，对此，读者可以有不同的理解，可以从不同角度、不同层次来解读。

《雨巷》的艺术特色，除了运用象征主义方法来抒情外，还在于极富音乐性，这主要是因为词句的复沓和韵脚的有规律反复，造成了一种回荡的旋律和流畅的节奏。《雨巷》强烈的音乐性，让我们很容易感受到它的舒缓低沉而又优美的旋律和节奏，也很容易感受到它所抒发的凄清哀怨和惆怅的情绪。叶圣陶曾称赞这首诗"替新诗的音节开了一个新纪元"。

春暖花开忆江南，丁香时节读《雨巷》。朋友们，当你悠闲的时候，不妨来欣赏一下这篇广为传诵的优美诗作《雨巷》吧！

2017年4月1日

等是有家归未得

中华传统节日中，有寒食节。通常在冬至后105天，清明节前一二日，禁烟火，只吃冷食，故名寒食节。

寒食节时，我想起了《唐诗三百首》中标明“无名氏”的七绝《杂诗》：

近寒食雨草萋萋，
著麦苗风柳映堤。
等是有家归未得，
杜鹃休向耳边啼。

这首诗是写久客难归的愁绪。临近寒食，春雨绵绵，芳草萋萋，清风吹拂麦苗，杨柳映绿河堤，我遥望家乡，却不能归还。杜鹃啊，你不要在我身边不停地啼叫“不如归去”，不然会加深我的惆怅。

20多年前，我曾在课堂上讲过写作技法中的“情景交融法”，说情景交融，基本上有两种情况，或者说，达到情景交融的境界有两种途径：一种是“移情入景”，也称“缘情写景”；另一种是“触景生情”，也称“缘境生情”。

“触景生情”的多数情况是：莺歌燕舞、欢乐明快的景色，容易引起喜悦的感情；寒霜冷雨、萧瑟阴晦的景色，容易引起忧伤的感情。这是情景谐调，互相映衬。但也有情景不谐调的情况，我就举了《杂诗》为例说明问题。诗的前两句描绘出一幅寒食节临近时的美丽图景：春雨淅淅沥沥，芳草茂盛可爱，微风吹拂麦苗，绿柳映照着长堤，这样的美景，正是和家人一起郊外踏青，或临窗叙话的好时光，但是自己却是有家不能回，孑然一身，在异乡观看如此景色，心中自是另一番滋味，美景也成了触动乡愁之物，连杜鹃的叫声也觉得恼人。景色是明媚的，感情却是愁苦的，情景是不谐调的。这实际是一种反衬法，用景去反衬相反的感情，即用乐景衬哀情，《杂诗》用美好的景色反衬诗人伤感烦闷的心情。这也是触景生情，情是人本来就有的，但被景所唤起、所加深。

今日，读《杂诗》，我也不禁有了一种思乡之情，淡淡的伤感。眼前也是春光明媚，倒没有杜鹃的啼叫，只有燕子的呢喃，不觉让身在北国的我“忆江南”了，仿佛看到了那“红杏枝头春意闹”的场景，那“春城无处不飞花”的美图，那“日出江花红胜火，春来江水绿如蓝”的风光，那“春水碧于天，画船听雨眠”的意境……

2017年4月3日

错过·事过境迁
——读崔护《题都城南庄》

面对眼前的灼灼桃花，又想起唐代诗人崔护的诗作《题都城南庄》：“去年今日此门中，人面桃花相映红。人面不知何处去，桃花依旧笑春风。”

此时，一个词和一个成语都跳到我的脑海：“错过”“事过境迁”。

先说“错过”。错过，就是交错而过，丧失时机。人生总是有太多的错过，错过人，错过事，错过情感，错过机会，都是在匆忙、犹豫、踌躇、等待中，成为永久的遗憾。崔护的诗说的就是一对青年男女之间的一场邂逅，一次错过。诗人和美丽的姑娘偶尔邂逅，短暂相逢，终要离别，失之交臂。第二年诗人又来，正是春暖好风景，只见花开不见人。一份没有结果的爱恋，一次令人伤感的错过。

世上有四样东西一去不返：说出的话，泼出的水，虚度的年华，错过的时机。人生是单程旅行，一旦错过，有些遗憾，我们也没有从头再来的机会，与其纠结无法改变的机会，不如淡然一笑，珍惜当下，期待未来。有时错过可以弥补，有时错过就是错过，只能够尽人事，听天命。

再说“事过境迁”。事情已过去，情况也变了。“人面不知何处去，桃花依旧笑春风”，物是人非，令人产生一种睹物思人、触景伤怀的感慨。

事过境迁，想起当时的人，当时的事，当时的景，当时的情，如何对待这些美好的曾经呢？

以当年的情来说。邓丽君在《月亮代表我的心》里唱道：“深深的一段情，叫我思念到如今。”心中总是挥不去那份情分，多年以后，那美丽的时光仿佛还清晰如昨。

而蔡健雅在《陌生人》里却唱出另一番情绪：“在事过境迁以后，这段情就算曾经刻骨且铭心过，过去了又改变什么，浓情爱恋都已陌生了。”随着时间的流逝，当年的情景已经模糊了，淡化了，彼此已视同陌路。

旧情，究竟是回想，还是忘却？缘来缘去，要顺其自然。缘来，惜之，缘去，不伤。还是像蔡琴唱的《恰似你的温柔》里说的那样：“让它淡淡地来，让它好好地去”吧！

2017年4月5日

落花时节又逢君

唐代诗人杜甫写过一首著名的绝句《江南逢李龟年》：

岐王宅里寻常见，
崔九堂前几度闻。
正是江南好风景，
落花时节又逢君。

这是杜甫晚年创作生涯中的绝唱。李龟年是唐玄宗初年的著名歌手，常在贵族豪门演唱，才华卓著的杜甫也常出没于岐王李范和秘书监崔涤的门庭，得以欣赏李龟年的歌唱艺术。后来唐王朝衰落，杜甫老病漂泊，李龟年也颠沛流离，谁知在秀丽江南的落花时节，两位多年未见、面容已经憔悴的好友突然重逢。面对苦难的现实、凄凉的晚境和曾红极一时的旧友，抚今思昔，百感交集，杜甫写下了最有情韵、最富含蕴的绝句《江南逢李龟年》。全诗表达了对时世离乱及人生飘零的无限感慨。

此诗前两句追忆当年之盛况，后两句感慨今日之凄凉，短短28个字，浓缩了40年来时代沧桑、人生巨变的丰富的社会内容，语言极平易，含意极深远。前人评说："子美七绝，此为压卷""世运之治乱，年华之盛衰，彼此之凄凉流落，俱在此中。""言情在笔墨之外，悄然数语，可抵白氏一篇《琵琶行》矣。"

试将《江南逢李龟年》译写一下：

当年太平盛世，你如日中天，
在演艺中欢度美好的时光。
岐王府邸常常见到你的风采，
崔九堂前多次欣赏你的歌唱。

谁知世事离乱，人生巨变，
你衰老流落，我漂泊四方。
没想到在这风景大好的江南，
重逢落花时，黯然话凄凉。

世间有多少盛衰梦幻，
让人唱不尽无限沧桑！

2017年4月10日

春水画船听雨眠

在描写江南的诗词中，五代前蜀词人韦庄的《菩萨蛮》是一首脍炙人口的佳作：

人人尽说江南好，游人只合江南老。春水碧于天，画船听雨眠。

垆边人似月，皓腕凝霜雪。未老莫还乡，还乡须断肠。

韦庄写了五首《菩萨蛮》。本词是第二首，当时唐朝将灭亡之际，中原地区烽火连天，作者为避难而流落到江南。词里说，人人都说江南好，远游之人应该在江南终老。江南确实好，春天的江水清澈碧绿比天空还青，卧在画船里听潇潇春雨入梦，好不惬意！江南物美，人更美，酒垆边卖酒的姑娘如月般光彩动人，卖酒撩袖时露出的手腕白如霜雪。人还未老，就该在这人间天堂尽情享受，千万不要回到家乡。如果还乡，思念之情会让人柔肠寸断。作者直抒胸臆，描写了江南的美景，表达了对江南依恋的感情。

这是从表层上来理解的，如果联系到作者当时所处的时代背景来看，仔细体会一下，“未老莫还乡，还乡须断肠”这两句话，颇有深意。以前王粲在《登楼赋》里说：“虽信美而非吾土兮，曾何足以少留”，江山信美，而不是我的故土，我也不愿久留。江南纵好，我仍念家乡，一心想回去。但家乡正处在战火之中，今日若还乡，目击离乱，只会令人断肠，故唯有暂不还乡，以待时定。我不还乡只是无奈之举。

这平易的十个字里，包含着作者的一番苦衷，刻画了特定环境中思乡怀人的心态，表现了一种宛转而哀伤的情怀，语尽而意不尽。

我们可以说，《菩萨蛮》描写了江南的风光美和人物美，既表现了作者对江南水乡的依恋之情，也抒发了作者漂泊难归的愁苦之意。

我特别欣赏《菩萨蛮》对江南美的描写。作者采用白描手法，写江南春日所见，宛如一幅美丽的春景图。“春水碧于天”，是江南风景之美，“画船听雨眠”，是江南生活之美，而“垆边人似月，皓腕凝霜雪”，则是江南人物之美。江南这般美，难怪“人人尽说江南好，游人只合江南老”。

读《菩萨蛮》，春水，碧天，画船，雨，月，霜，雪，这么美好的意象，都一一涌入脑海，让人赏心悦目，遐思不已。江南之美，甲于天下。我身于北国，心系江南。啊，江南，你秀丽的山和水，你温馨的人和情，都一直在我挥之不去的思念中！

2017年4月17日

君去江南留住春

我喜欢宋代词人王观的一首词《卜算子·送鲍浩然之浙东》：

水是眼波横，山是眉峰聚。欲问行人去哪边？眉眼盈盈处。

才始送春归，又送君归去。若到江南赶上春，千万和春住。

词人说，水像美人流动的眼波，山如美人蹙起的眉毛。想问行人去哪里，要到山水交汇的地方。刚送走春天又要送你回去，假如你到了江南，还能赶上春天的话，千万要把春天的景色留住。

友人要回家了，作者写词送别，表达了对友人的留恋和祝福。许多送别之作，往往写得悲悲切切，令人伤感。此词虽然写得情意绵绵，却并无消极想法。作者把离情别绪写得新颖明丽，情趣盎然。巧妙的构思和轻快的笔调，使此词在送别之作中别具一格。

此词有两点引人注目：

一是设喻别致。“水是眼波横”，古人常以秋水喻美人之眼，这里反用，说水像美人流动的眼波。“山是眉峰聚”，前人说美人眉色如望远山，这里反用，说山如美人蹙起的眉毛。作者推陈出新，发想奇绝，变景语成情语，化无情为有情，令人印象深刻，遐思不已。

二是用语双关。“眉眼盈盈处”，可以有两层理解：一是指景，清新秀丽的江南，像美人的“眉眼盈盈”。二是指人，美目传情、秀眼凝愁的美人，朋友到江南是去与“眉眼盈盈”的意中人相会。

作者送别友人，也是送别春天，把送友与送春交织在一起来写，既表现了对友人的深情，也表现了对春天的留恋。

春天虽美，终要归去。身在异乡多年，也要回到“眉眼盈盈”的江南。一别经年，怎能忘记那像美人眼波一样横流的江南的春水，怎能忘记那像美人眉峰一样耸起的江南的青山。何时何地，都要让明媚的春天和秀丽的江南驻在我的心中！

2017年4月21日

曾经沧海难为水

唐代诗人元稹的妻子韦丛，出生高门，美丽贤惠，27岁早逝，元稹不胜悲痛，写了《离思五首》，表示深切的哀悼，最为动人的是第四首：

曾经沧海难为水，
除却巫山不是云。
取次花丛懒回顾，
半缘修道半缘君。

此诗表达了诗人对亡妻的忠贞和怀念之情。前两句用水和云比喻人，说明爱之深厚。沧海之水，巫山之云，至大至美，对经历过、观赏过的人，别处的水和云，都难以看上眼。爱妻在世间是无与伦比的，除她之外，再也没有能使我动情的人了。后两句用花比喻人，说明爱之长久。信步经过花丛，虽众芳艳丽，却懒于顾视。何故？一半是因为看破红尘，修道人清心寡欲，一半是因为失去曾经拥有过的你，再也不想其他的“花”了。其实，主要是“缘君”，“缘修道”不过是遁词而已。

诗人用一种绝对肯定和否定的生动比喻，表达了对爱情的至诚与专一。写得曲折委婉，含而不露，意境深远，耐人寻味。

“曾经沧海难为水，除却巫山不是云。”是千古名句，常被后人引用，表明对爱情的忠诚，非伊莫属，爱不另与。这两句诗后来简缩为成语“曾经沧海”，比喻见过大世面，眼界很高，不把平常的事物放在眼里。

试将《离思五首·其四》译写一下：

曾经观看过苍茫的大海，
别处的水都不放心里。
曾经领略过巫山的云彩，
别处的云都不会在意。

我虽然常在花丛里走过，
却懒得回顾众芳的娇丽。
一半是因为已看破红尘，
一半是因为我眼里只有你。

说什么“天涯何处无芳草”，
你是最好的，我怎能忘记！

2017年5月12日

心中的一朵荷花

洛夫，台湾著名的现代诗人，被誉为“诗魔”。原名莫运瑞，又名莫洛夫，笔名野叟。1928年出生于湖南衡阳，1949年离乡赴台湾，1996年移居加拿大。他写过一首著名的抒情诗《等你轻声唤我》（又名《众荷喧哗》）：

众荷喧哗
而你是挨我最近
最静，最最温婉的一朵
要看，就看荷去吧
我就喜欢看你撑着一把碧油伞
从水中升起

我向池心
轻轻扔过去一粒石子
你的脸
便哗然红了起来
惊起的
一只水鸟
如火焰般掠过对岸的柳枝
再靠近一些
只要再靠我近一点

便可听到
水珠在你掌心滴溜溜地转

你是喧哗的荷池中
一朵最最安静的
夕阳
蝉鸣依旧
依旧如你独立众荷中时的寂寂

我走了，走了一半又停住
等你
等你轻声唤我

《等你轻声唤我》形象生动地描写了荷花的独立、高洁、温婉、恬静。读后，让人仿佛置身荷塘，目睹倩影，欣赏那风姿绰约，闻到那清香四溢。诗人喜欢荷花，“要看，就看荷去吧”，任凭弱水三千，我只取一瓢饮，在喧哗的荷池中，我最爱那最安静、最温婉的一朵，“喜欢看你撑着一把碧油伞，从水中升起”。诗的起笔就点题，表明主角。扔石子，是我的表白，脸红，是荷的反应，小鸟的惊起，引出了激越的场面，水珠的滚动，变成了微观的情景。夕阳下寂寞独立、与众不同的风姿，再次点题，强调要表达的情感。尾声是佳句，韵味悠长：“我走了，走了一半又停住，等你，等你轻声唤我。”我恋恋不舍地走了，又停下来，想听到你温情脉脉的呼唤。内心渴望美的接触，却不忍亵渎它，对美好的向往之情尽在其中。这首诗看着是咏荷诗，其实也可以看作是一首爱情诗：诗中的“你”，就像恋人一样，你是我众芳中最倾慕的一个。《等你轻声唤我》，让我们重温生命中非常美好的时光，重温内心里曾经熟悉的律动。多么优美动人的诗啊！

荷花一直令人喜爱，那清丽恬静的脸庞，亭亭玉立的腰身，碧绿优雅的罗裙，缕缕醉人的清香，特别是那出于淤泥而不染的高洁，博得人们的赞美。在现今浮躁的社会中，我们需要独处洁身，不要让喧嚣奢华带走那颗纯朴的心。品味这首小诗，我们的心中好像也有一朵美丽的夏荷，在夕阳下静静地伫立，绽放出纯美，散发着一缕温馨……

2017年6月21日

荷花赞

炎炎夏日，正是荷花盛开时。

荷花，是中国十大名花之一，分布全国各地，在中华大地上碧波万顷，香飘天涯。

荷花，在绚烂夏花中，最引人注目。一池碧水中，绿盖叠翠，荷花亭亭玉立，婀娜多姿，争奇斗艳，竞相绽放。“接天莲叶无穷碧，映日荷花别样红”，多么绚丽的画面啊。作者荷花的秀美，荷花的风韵，让人们心旷神怡，流连忘返。

荷花，花中君子，凌波仙人。出淤泥而不染，濯清涟而不妖，超凡脱俗，冰清玉洁。在逆流中成长，于酷热中怒放，坚强挺拔，刚直不阿。荷花高贵的品格，令世人敬佩和推崇。

荷花，还有“任天真”的品质。“惟有绿荷红菡萏，卷舒开合任天真”（李商隐《赠荷花》），绿叶红花相配相映，荷叶伸张卷曲，荷花开放闭合，风姿自然，天然无邪。作者借荷花的“任天真”，来歌唱真诚而不虚伪的美德，既是写花，又是写人，以花性写人性，立意新奇。

荷花，别称水芙蓉。李白有名句：“清水出芙蓉，天然去雕饰”，天生丽质，美而不艳，没有刻意的雕琢修饰，清新自然，纯朴秀丽。人和文章能如此，则令人喜爱矣。

荷花，满塘芬芳，清香远溢。荷花的香，不是浓香，热烈而多情，而是淡香，温柔而素雅。清风送爽，荷花飘香，如丝如缕，沁人心脾。淡淡的清香，抚慰着人们浮躁的内心，让烦恼荡然而去。

荷花，仰慕你，赞美你，愿人们的心灵，都如同你的花语那样：清白，坚贞，纯洁，高雅！

2017年7月4日

不知秋思落谁家

在咏中秋的古典诗词中，唐代诗人王建的《十五夜望月》是较为著名的一首：

中庭地白树栖鸦，
冷露无声湿桂花。
今夜月明人尽望，
不知秋思落谁家？

此诗描写中秋之夜的月色和望月怀人的心情。前两句写景。月光照在庭院中，地上好像铺了一层白霜，乌鸦栖息在树枝上。夜深了，清凉的露水悄悄地打湿了桂花。一幅多么幽静清冷的月下秋景图啊。“今夜月明人尽望”，中秋皓月，望月的何止是诗人，普天之下，人们都在仰望明月，神驰意远。秋天是思念的季节，望月的人，都有怀人的思绪，而对离家的游人，其秋思尤为浓烈。诗人思谁是确定的，却说“不知秋思落谁家”，并非真不知，而是极写秋思之浩茫、深沉。一个“落”字，用得很妙，化无形为有形，给人以动感，仿佛秋思随着银月的清辉，一齐洒在人间。

将《十五夜望月》译写一下：

月光在地上铺了白霜，
树上的鸦雀已进了梦乡。
寒露悄然地打湿了桂花，

夜色是多么寂静而清凉。

今夜的月光如此明亮，
有多少人在凝视仰望。
怀念在心中微微荡漾，
不知秋思落在谁的身上？

圆月之日游子在思乡，
我家园的桂花正在飘香！

2017年8月5日